世界は愛と法則でできている

著・挿絵　木星

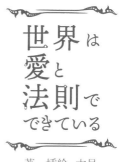

Opening the gate of infinity astrology!

わたしの
ゆるしの体験のために
人生をかけ
あやまちを犯してくれた
魂《たましい》の半身
永遠の妹に捧《ささ》ぐ

世界は愛と法則でできている　もくじ

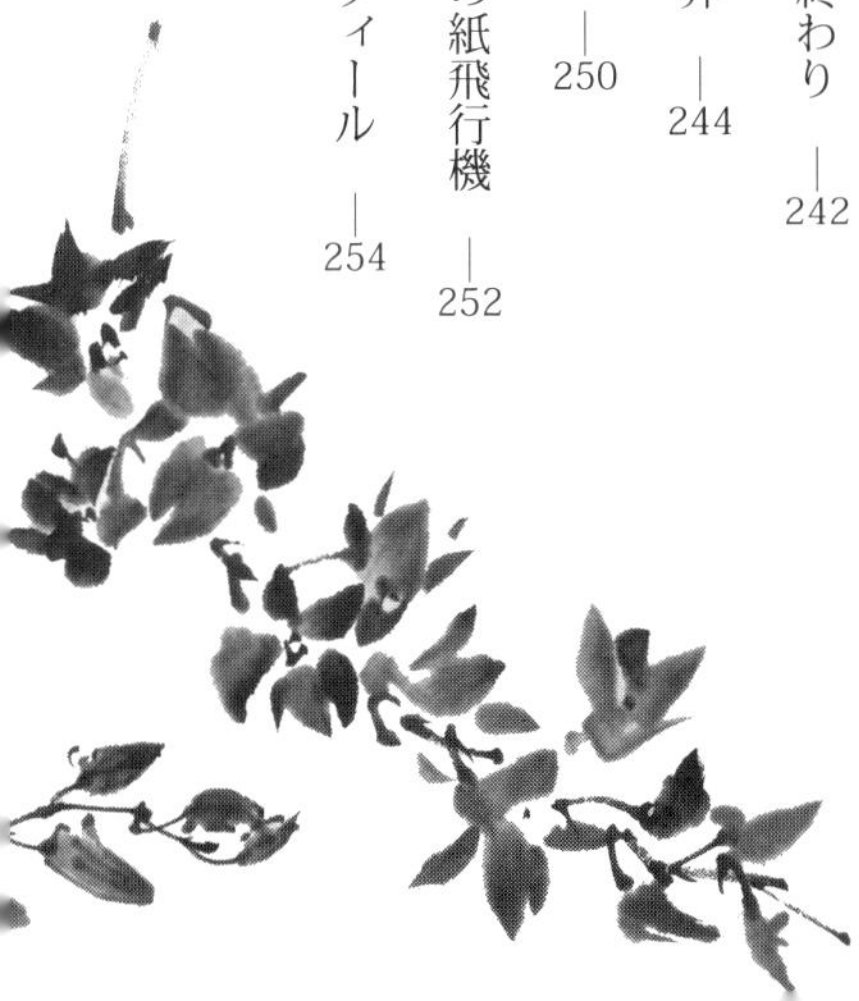

1・「自分は死んじゃったんじゃないか」と思っている少女

「わたしは、もしかしたら、もうどこかで死んじゃったんじゃないかしら」

千冬《ちふゆ》は時々、そう思うことがありました。

だって、学校へ行く途中、誰も自分に挨拶《あいさつ》をしようともしません。授業中も、先生が千冬を当てたのは、いつのことでしょう？　もう思い出すことすらできません。

一日中、誰ともしゃべらないで、誰とも目を合わさないですごすと、千冬は自分がこの世にはいない、幽霊《ゆうれい》にでもなった気がするのでした。

もう一つ、「自分は死んでしまったのかも」と思う理由があります。

それは幼い頃から時々、見る夢。

まだ小っちゃかった千冬が、団地の裏を歩いていると、突然、黒い男が背後から襲《おそ》いかかり、辺りは真っ暗になってしまいます。そうして、もがくうちに意識は薄れ、こと切れてしまうのです。

こんな夢もあります。

アザラシと帽子屋のおじさんと、幼い千冬。野原を歩く三人の行く手に、トランプの兵士が立ちはだかって、千冬の口をふさいでしまう。

時にはこんな夢も。

白むくを身にまとい、静かに森の中を行く千冬。神妙《しんみょう》な顔つきをした狐たちが、羽織袴《はおりはかま》の姿でお供をしています。すると、竹やぶから何本も矢が放たれて、瞬く間に白い衣を血に染めてしまうのです。

夢の舞台は、おとぎ話のような世界だったり、昨日通った近所の裏道だったりと、さまざまですが、決まって最後は何者かに命を奪われてしまうのでした。

（……これってきっと正夢だわ）と、千冬は思うのです。

ただし「未来に起こる出来事」と言うよりは、もうすでに遠い昔に経験したこと。

（それだって、「正しい夢」には違いないもの。きっとこれは本当にあった話……）

そこまで考えて顔をあげ、キョロキョロと辺りを見回しました。

妙な気配。

けれど、誰かと視線が交わることなどありません。楽しそうに話しているクラスメイトの姿はありますが、千冬のことなんか気にしてやしません。

なのに、誰かがじっと、こちらを見ている。

「自分はいつか死んじゃったんじゃないか」と考えるたびに、いつも感じるおかしな視線です。

（これって、エンマさまじゃないかしら？

わたしはとっくに死んでしまって、本当は、あっちの世界に帰らなきゃいけなくて。おいでよってエンマさまが教えてくれてるんじゃないかしら？）

そう考えると、千冬はほんの少し、さびしさが和らぐのでした。

「そいつは、よくないね」

叔母《おば》さんが言いました。

いつもなら、千冬の言うことを何でも面白がってくれるのに、この時ばかりは、なぜかしぶい顔をして、首を横に振りました。

がっかりして、「どうして？」と尋《たず》ねると……。

「それはね、本当にエンマさまが来てしまうからさ」

「エンマさまが？　いるの？　どこに？」

驚《おどろ》く千冬に、叔母さんは、うーんと眉間《みけん》にしわを寄せ、「お母さんには内緒《ないしょ》だよ。あたしがまた変なこと教えたって、きっと怒るから」と真面目な顔で言うのです。

ごくりとつばをのみ込み、うなずく千冬。

「エンマさまって言えば、地獄《じごく》で一番、偉いひとだろ？　けどね、お前が『自分は死んじゃったんじゃないか』って考えてる時にやってくるのは、もうちょっと下《した》っ端《ぱ》さ」

「下っ端？　エンマさまの手先ってこと？」

「まあね。どのみち連中がやってきて、良いことなんて一つもない」

「そうなの？」

「ああ、そうさ。ほら、見てごらん」

叔母さんは、庭先の野花を指さしました。

「シロツメクサだって同じ場所で群《むら》がって咲くだろ？　オス猫だってメス犬を探したりはしない。ちゃーんとメス猫を見つけて追っかける。人だって、人と一緒にいるのが一番なんだ。あっちのひと達は住む世界が違うから、一緒にいちゃいけないのさ」

そんな説明、ちっとも納得できません。だって千冬は人だけど、千冬の傍《そば》にいてくれる人なんて……。

「いいかい？　人じゃない者がお前のところにやって来てね。どこか違う場所へ誘っても、のっちゃいけないよ？

なにか約束もしちゃいけない。

彼らは……、そうだな。誰もちゃんとした名を持たないから、『名なき者』と呼ばれてる。

奴らは約束が好きなんだ。

約束ってのは、とどのつまり取引さ。こいつはちょっとやっかいでね。一見、お前を幸せにするように思えるが、実は苦しみを増やしてしまう。

だから決して彼らと、約束を取り交わしちゃいけないのさ」

「だけど……」と、言葉を返そうとしたその時、テーブルの上の携帯電話が鳴りました。

叔母さんはすぐに電話を取ろうとしましたが、はたと手を止め、千冬の瞳をジッと見て、

「いいかい？　この話は、お母さんにしちゃいけないよ。とくにその……、お前がよく見るっていう、夢の話もね」と言いました。

叔母さんの話を反発して聞いていたのに、その目があんまり真剣だったので、千冬はつい、うんと小さくうなずきました。

叔母さんは安心した様子で携帯電話に出てると、よそ行きの声で話し始めました。

＊

もっとも、「自分が死んじゃったかもしれない話」を叔母《おば》さんにしたのは、ずいぶん、前のことでした。あの頃より叔母さんは一段と忙しくなり、今日だって、せっかく千冬がやって来たのに、パソコンに向かったままです。「冷蔵庫にカレーがあるよ」と言うだけで、振り返りもしません。

（これじゃあ、本当に幽霊《ゆうれい》と同じじゃない……）
千冬は心の中でぼやいて、レトルトのカレーを温め、食べるのでした。
本当は今日、叔母さんに話したかったのです。
寄り道した博物館で出会った、名なき者のことを。

2・月の声が聞こえる

自分の星を使ってごらん
世界に色彩が生まれるから

そのまま星を使い続けて
そしたら君だけの夢に出会うよ

そのまま星を使ってごらん

そしたらきっと夢が叶うさ
そして時々、星を読まず
ただ冒険してごらん

星も、人も、動物たちも、木も花も
アクシデントもラッキーも
すべてが君を、君の夢を応援している

そんな愛に気づくだろう

書き終えた物語の、最後の詩を口の中でつぶやきながら、翔《しょう》はテキストをメールに添付《てんぷ》し、送信ボタンを押しました。

じきに担当者から、受け取りの連絡が届くでしょう。それまで少し眠ろうと、壁ぎわの青いソファに横になりました。

「アクシデントもラッキーも、すべてが君を応援している……か」

目を閉じます。

14歳の初夏の日。

小さなくまと出会って以来、翔はたくさんのことにチャレンジしてきました。

大好きだった女の子に、勇気をふりしぼって告白したこと。

絵本コンクールに幾度も応募し、ついに入選を果たしたこと。

さし絵の仕事や星占いの仕事でお金を貯《た》めて、自分で絵本を出版したこと。

16才のあの晩に、離れて暮らすお父さんを、交通事故で亡くした時だって……。泣くことを恥《は》ずかしいなんて思わないで、いつまでも涙が止まらない自分自身を、抱きしめ続けたこと。

(オレはいつだって、自分の星を使ってきたよ……)

目を閉じたまま、つぶやきます。

昔どこかで聞いた雨音が、背中の向こうから聞こえてくるように感じ、まるで助けでも求めるみたいに、耳を澄ませました。

(オレはいろんな喜びを知ったし。いろんな体験をした。大切な人や、愛する人もできた。それでも……世界から悲しいノイズが消えることは、なかったよ)

星の知恵と出会ったあの翌年。

「地球の肺」と言われた西の国の大森林で火事が起き、地球上の半分の木々が燃えてしまいました。以来、大気はいちじるしく変化し、50度を上回る夏がやってくるようになりました。氷河が解けて海面が上昇し、台風や大雨、ハリケーンも激しさを増して、たくさんの人々が住む場所を失いました。

それだけではありません。

飲み水がなくなって、たくさんの野生動物が死にました。

人が一日に飲める水の量も、次第に制限されるようになり……。熱帯地方では感染症が蔓《まん》延《えん》し、毎年、ものすごい数の子どもやお年寄りが、亡くなっていきました。

次第に大きな国が、世界中の食物を管理するようになり、小さな国ではもう、自由に作物を作ることも許されません。お水や空気すら、大きな国がすべての権限を持とうと、やっきになっているのです。

翔はもうほとんどテレビを観ませんでしたが……。

ある時、大きな国の外務大臣が、新聞記者たちに向かって、話す姿を見てハッとしました。

大臣は淡々と、別の国の「悪いところ」を上げ連ねていました。

はたから見ると、その姿は、いたって冷静に見えました。また、どちらかと言うと穏やかにも見えました。

けれど不思議なことに、翔には小さな赤ちゃんの悲鳴が聞こえたのです。

星の知恵を知っている人なら、もう、おわかりですね。

あなたにもわたしにも、この世に生きるすべての人々の内側に存在する、月の赤ちゃん。

あるがままの自分。子どものようにピュアな自分。ハートそのもの。すなわち、心。

そんな月の赤ちゃんが、大臣の内側でうずくまり、恐れと孤独で、張り裂《さ》けんばかりに泣いていたのです。

それは大変、奇妙《きみょう》な光景でした。

はた目には、冷たいほどの静けさで、雄弁《ゆうべん》に語っている外務大臣。なのに、彼の月の赤ちゃんは、その場にいる誰よりもおびえて、誰よりもおののいていたのです。

その姿があんまりにかわいそうで、翔は目を伏せました。

その日を境に、翔は人々の月の声が、聞こえるようになりました。

誰かに対し、うっぷんをためている人。

誰かをうらやんで、意地悪な感情でいっぱいな人。

誰かのせいで、自分はこんなにも不幸だと、ぼやいている人。

彼らの月の赤ちゃんは決まって、恐れと孤独の中で泣いていました。

（自分の月があんなにも苦しんでいるのに。なぜ、外の人ばかりを気にするのだろう）

翔は不思議でなりませんでした。

＊

ある時、翔は、人の内面だけでなく、誰かが心を込めて作ったものにも、その人の月が、影を残していることに気がつきました。

恋人のために作ったお弁当。子どもが描いたお母さんの似顔絵。職人技が見事な、美味しいお蕎麦《そば》。

（人々は、作ったものの中に自分の心を込めるのだな……）

翔はにっこりと微笑んで、あたたかな手仕事を眺めるのでした。

けれど正直に言って、さまざまな物に宿る人の想いに気づくことは、喜びばかりではありませんでした。

そこには時折《ときおり》、誰かをその手につなぎ止めておきたい、執着心《しゅうちゃく》がありました。「こいつで成功して、見返してやりたい」と言う、強い執念《しゅうねん》がありました。

次第に翔は、あまり外を出歩かなくなりました。家の中で絵を描き、家の中で物語をつむぎ、家の中で詩を書くようになりました。

ただ一つ、あの人を探すため以外は。

まぶたを開きます。

(出かけなくちゃ。今日こそはきっと、あの子に会える)

翔は起き上がり、顔を洗って黒っぽい服に着替《きが》えると、これまた黒のハンチング帽を目深にかぶり、家を出ました。

瞳には少しだけ、光りが戻っていました。

3・12の絵柄しか持たない13星座のタペストリー

千冬の学校と叔母《おば》さんの家の間には、小さな博物館がありました。

昼間の気温が50度に達する日は、学校は朝6時からスタートし、正午に至る前にお終いになります。

千冬は学校なんて嫌いでしたから、それは好都合でしたが……。最近は、すぐに叔母さんの家へ向かわないで、その博物館へ立ち寄るのでした。

初めて博物館へ行ったのは、入学して間もない頃。街で出会った一人の少年がきっかけでした。

この辺りでは「池くん」と呼ばれる男の子で、おそらくは千冬と同じ年くらいなのに、赤ちゃんのような、あどけなさがあります。つばを後ろにして野球帽をかぶり、青ざめ、うつむき加減《かげん》で、「大変だ！　大変だ！」とつぶやきながら、いつも大急ぎで歩いているのです。

あの日もまた、千冬は道端で池くんとすれ違ったのですが……。くり返しつぶやく言葉が、いつもと違うことに気がついて、足を止めたのでした。

池くんはたしかに、「13番目、13番目、13番目……」と、つぶやいていました。

振り返って、少年の背中に目をやります。

彼はアスファルトの歩道をどんどん歩き、洋風の大きな門をくぐりぬけると、あっという間にその先の茂《しげ》みへ、姿を消してしまいました。門柱の石盤《せきばん》には「神話と星の博物館」と言う文字が、白く刻まれています。

（こんなところに博物館なんてあったんだ）

千冬はわずかに好奇心《こうきしん》をいだいて、門に近づきました。

庭園の、茂みの向こうをチラリとよぎる、池くんの背中。思わず後を追いかけます。

石畳を抜けるとすぐに、レンガ造りの小さな建物が現れました。どうやら開館中のようで、扉は大きく開け放たれています。

誰のためにもうけられたのでしょう？　扉の傍《そば》には、ロッキングチェアが置かれています。

池くんはそこまでやって来ると足を止め、当たり前のように、ひょいと、その椅子に腰かけました。そして、ものの数秒もしないうちに眠り始めたのです。

千冬はぽかんと、その様子を眺めていましたが、やがて、抜き足、差し足で、池くんに近づきました。

顔を覗《のぞ》き込みます。

健やかな寝息が、千冬の耳に届きました。

（本当に寝てる）

今度は建物の中に目をやります。

だだっぴろいエントランスが広がり、その奥には有料の展示会場があるようです。何が展示されているのか気になりましたが、少ない小遣《こづか》いを出すほどでもありません。開放されたエントランスを、千冬はぶらぶらと歩き始めました。

中央には大理石の太い柱が２本立ち、その間を取るように、壁に大きなタペストリーがかかっています。

よく見ると、異なる12枚の絵柄《えがら》が合わさって、大きな一枚に仕上がっています。

タイトルに目をやりました。

「黄道13星座のギリシャ神話」と、書かれています。

「13星座……？」

千冬は首をひねり、またタペストリーを見上げました。

１枚目には、空飛ぶ羊にまたがった少年と、羊の背から海に落ちる、少女の姿が描かれています。２枚目には、白い牛とたわむれる一人の少女と、黒い牛にからみつく一人の女。3枚目には、よく似た面立ちの、二人の少年が背中合わせに立っています。

「牡羊座《おひつじ》、牡牛座《おうし》。そしてこの少年たちは、きっと双子座ね」

星占いでおなじみの、12の星座。いつだったか叔母《おば》さんの家で読んだ、12星座の物語です。

12星座の背景には、ギリシャ神話があるのです。その神話のワンシーンがそれぞれ織られ、つなぎ合わさって1枚の、大きなタペストリーを成しているのでした。

千冬は神話が好きでしたから、12星座の物語をすべて知っていました。

けれど……。

もう一度、タイトルに目を落とします。

たしかに「黄道13星座のギリシャ神話」と、書かれています。

「どうして『13星座』なんだろ？」

以来、千冬はどうにもそのタペストリーが気になって、たびたび、この博物館を訪れるのでした。

4・名なき者を知る男

その日も千冬は、照りつける太陽の下、叔母さんの家に向かって歩いていました。

そしてまた、ふらりと博物館へ立ち寄ったのです。

百日紅《さるすべり》の枝葉が作るわずかな木陰《こかげ》の下で、また池くんがロッキングチェアに揺《ゆ》られています。

千冬はいつものように、少年の顔を覗《のぞ》き込みましたが、やはり、静かな寝息が聞こえるばかりです。

受付の女性が、「あと30分で閉館ですよ」と、声をかけてきました。

千冬はうつむき、「展示会場には入りません」と答えます。そのまま広々としたエントランスを歩いて、大理石の柱に寄りかかりました。

——黄道13星座のギリシャ神話

そんなタイトルのくせに、12しかない星座神話の絵柄を、ぼーっと眺めます。

かび臭い、ひんやりとした空気が、汗で張りついたシャツを少しずつ乾かしていきました。

ふと、魚座神話に目をやりました。

尾っぽがリボンでつながれた、美しい2匹の魚。たしかギリシャ神話では、一匹が女神で、一匹がその息子だったはずです。

川べりで催《もよお》された神々の宴《うたげ》。そこに現れた怪物デュポーンから逃れようと、親子は魚に化けて水の中へ飛び込みます。そうして、互いにはぐれぬよう、尾っぽをリボンで結んだのです。

その魚座の絵柄を見つめるうち、千冬は不思議な感覚にとらわれていきました。

（川に飛び込むのは、わたしであるはずなのに……）

唐突《とうとつ》に、そんなことを思ったのです。

思っただけでなく、千冬は一歩、魚座の絵柄に近づきました。

今にもそこに描かれた、たゆたう水の刺繍《ししゅう》が、本物の水に変化するような気がしたのです。


——ドボン……


と、飛び込もうとしたその時、誰かが、千冬の腕《うで》をつかみました。

あまりに強い衝動《しょうどう》を、止められたことが苦しくて、千冬は思わず、にらみつけるように振り返ります。

そこには黒いハンチングの男が、しっかりと千冬の腕をつかみ、立っていました。

エントランスは薄暗く、男の顔はよく見えません。

「……誰ですか？」

おびえるように、尋《たず》ねました。

その様子に、しまったと思ったのでしょう。男はつかんだ手をゆるめると、「いや。飛び込んだら、戻れなくなると思って」と、申し訳なさそうに言いました。

天井が高いせいでしょうか。おだやかなのに、妙に印象深く、男の声が響《ひび》きます。

その柔らかな声音を聞くうち、千冬の気持ちは次第に落ち着いて、やがて、怒りがこみ上げてきました。

男の手を振り払い、「変なこと言わないでください。これ、ただのタペストリーですよ?」と、今にも魚座の絵柄に飛び込もうとしていたことは隠《かく》して、声を荒らげます。

「そっか。そうだよね。ごめん。ここに入ったら、ちょっとやっかいなものだから。って、へんなこと言ってるね。気にしないで……」

(この人、本当にこのタペストリーに飛び込めると思ってるんだ)

千冬はあきれて、男の顔をよく見ようと目を凝《こ》らしました。

うつむき加減の瞳は、印象がわかりません。おそらくは、5つか6つ年上でしょうか。少なくとも学生には見えません。

それよりも、何だか不思議な雰囲気の男です。

服は全身黒っぽくて、パッとしません。逆光のせいか、顔だちもはっきりとしません。

いや、もしかしたら逆光のせいではなく……。

「……名なき者」

と、口の中でつぶやいた瞬間、千冬はぎょっとしました。

なんと同時に、男もまた、同じ言葉を口にしたではありませんか！

「あ、知っているんだね。名なき者のことを。それなら話が早いや」

男はうなずいて、「君は彼らを呼び寄せる。いつも月が泣いているから。気をつけた方がいい」

そう言うと、黒いカバンから一冊の本を取り出しました。

「これ、あげる。ぼくが書いたものなんだ。もしかしたら君の役に立つかもしれない」

――『モックまくんの星のレッスン』

さっと、タイトルに目を走らせます。

表紙には、とぼけたくまの顔が描かれ、つぶらな円い瞳が千冬を見上げています。

閉館の終了を告げる、呼び鈴が鳴りました。

男がぐっと、千冬の手に本をにぎらせます。

そしてそのまま、きびすを返し、受付へ向かうと思ったのに……、スッと千冬の肩越《かたご》しを通り過ぎたのです。そう、まるでタペストリーに向かって、歩を進めるかのように。

驚いて、振り返ります。

誰もいません。

辺りを見回しても、人の影すら見当たりません。

「もう閉館の時間ですよー！」

受付の女性が声を張り上げ、手を振っています。

扉の向こうに続く、真昼の庭が白く輝いて、千冬は思わず目を細めました。

いつの間にか池くんも、暑さを避《さ》けて帰ったのでしょう。主《あるじ》を失ったロッキングチェアが、光りの中でゆれていました。

5・約束を交わしていはいけない

（あの人こそ、名なき者かもしれない）

千冬はカレーを食べながら、今日の出来事を思い出していました。

たしか、叔母《おば》さんは言っていました。名なき者同士は仲間だから、互いにつながりを持ってるって。

(あの人は彼らについて、くわしいように見えた。きっと仲間だ)

そこまで考えて、千冬は男からもらった本のことを思い出し、リュックから取り出しました。

――『モックまくんの星のレッスン』

あらためて、タイトルに目をやります。

表紙には、愛らしいくまの絵。なんとなしに、こちらに微笑みかけているような、ほのぼのとした表情です。

(モックまくん？　あの人の名前かしら？)

無造作《むぞうさ》に本をめくると、紙の重さでパタンと最後のページが開きます。

そこに記された詩に、目を走らせました。

自分の星を使ってごらん
世界に色彩が生まれるから

そのまま星を使い続けて
そしたら君だけの夢に出会うよ

そのまま星を使ってごらん
そしたらきっと夢が叶うさ

そして時々、星を読まず
ただ冒険してごらん

星も、人も、動物たちも、木も花も
アクシデントもラッキーも
すべてが君を、君の夢を応援している

そんな愛に気づくだろう

(自分の星を使う、か)

何かの比喩《ひゆ》でしょうか?

首をかしげ、今度は両手で本を開いて、1ページずつめくっていきます。

するとしばらくして、牡羊座《おひつじざ》から魚座まで順に並んだ、見覚えのある円形図が出てきました。

(これ、星占いの本なのかしら)

にわかに興味をそそられて、最初のページを開こうとし、手を止めます。


——名なき者は約束が好きなんだ。

彼らと約束をすると、一見、幸せになるように見えて、かえって苦しみが増しちまう。

いつだったか聞いた、叔母さんの言葉が頭をよぎります。

(ちょっと待って。わたし、あの人と約束をしたかしら?)

思わず、本を取り落としました。

(たしかあの人は『これ、あげる。ぼくが書いたものなんだ』そう言った。

その前に、なにかしゃべったはずだけど…。

あんまり驚いたものだから、すっぽり抜けちゃってる。

だめだ、思い出せない)

ただ一つ、鮮明《せんめい》に覚えていること。男はなにかしゃべった後、この本をしっかりと千冬の手に、にぎらせたのでした。

「あの時、約束をしたかしら?」

千冬は、だんだん恐ろしくなってきました。男の言葉を思い出せないのも気がかりです。

たしか叔母さんは言っていました。

「世の中の人はね。いつかどこかで名なき者と、いろんな約束をする。

けれど、たいてい、そいつを覚えちゃいない。

約束はまず、名なき者が人の願いを叶えることから始まる。そうして病気が治ったり、恋人を得たり。時にはお金持ちになったり、地位や名誉を得たりね。まずはそんな、人が強烈《きょうれつ》に欲したものを、叶えてやるんだ。

そして今度は、人が名なき者にお返しをする。
このお返しが、ちょっとやっかいでね。奴らはとんでもないものを、時に求めてくるのさ。
突然の破綻《はたん》とか。理由のわからない、深い深い絶望感とか。
ところが人は、名なき者と約束したことすら覚えていないから、『なぜ、こんな不遇《ふぐう》な目に逢うんだろう』そう嘆《なげ》くのさ」

そもそも千冬は、叔母さんの言葉を話半分に聞いていました。

だって、もし病気なら誰だって治って欲しいと強く願うし、お金だって、たくさんある方がいいに決まっています。それを叶えた人たちは皆、名なき者と約束を交わしたと言うのでしょうか？　そんなの妙な話です。

そう尋《たず》ねると、叔母さんは、「ふん。まあね。たしかに名なき者との約束なしに、自力で願いを叶える人もたくさんいる」と、答えました。

「へんなの。それってどういう違いなの？」

「恐れから願ったか。それとも喜びから願ったか。ただそれだけの違いさ」

と、叔母さんは言うのでした。

けれど正直に言って、千冬にはその意味がよくわかりませんでした。

だからそれ以上、問うこともなかったし、以来、思い出すことすらも、ほとんどなかったのです。

あの黒いハンチングの男に出会うまでは。

(約束を交わしたことを、人は忘れている……)

身震いしました。

万一、あの男……、名なき者と約束を交わしてしまったのなら、どうにかして白紙に戻さなければなりません。

窓の外に目をやります。

時間は正午を回ったばかりで、輝く太陽が大地を熱くこがしていました。

(夜になったら博物館へ行って、この本を置いてこよう。受け取ったものを返せば、きっと約束は反故《ほご》になる)

千冬はそう考えて、床に落とした本を拾い上げました。

気のせいか、笑っているはずの表紙のくまが、少しさびしそうに見えました。

6・「自分は死んじゃったんじゃないか」と思っている少女と、イキイキした瞳の幽霊《ゆうれい》の少女

夜の8時を回り、簡単な夕飯を済ませると、千冬は叔母さんに内緒で家を出ました。日は沈んだと言うのに、温められた大地はムッとするような熱気を放ち、歩くだけでめまいがします。

一日に飲める水の量は限られていましたから、千冬はできるだけ喉《のど》が乾《かわ》かないよう、あせる気持ちを抑《おさ》えて、ゆっくりと歩きました。

博物館の窓の明かりは、すべて消え、人影はありません。

入口に続く石段を上ると、千冬は額《ひたい》の汗を手の甲《こう》でぬぐい、リュックを下ろして例の本を取り出しました。

――あなたから何かをもらうことはできません。約束もできません。　千冬

と、記した手紙を四つに折って、間にはさみます。かがんで扉に本を立てかけると、急い

で石段を下りようとしました。

ギイ……と扉のきしむ音がします。

足を止めました。

振り返って、扉に目をやります。

本を立てかけた重みで、扉の一枚が少し奥に押されています。

（へんだな）

今まで休みの日にも、訪れたことのある博物館です。鍵がかかっている時は、びくともしない扉なのです。

千冬は立てかけた本をもう一度、ゆっくりと手に取りました。

扉は静かに、元あった場所へと戻ります。

少し考えて、今度はその扉を、ぐっと強く押しました。


――ギイィィ……

開きました。

扉の向こうは真っ暗闇。

いえ……、その暗闇の中に、ほの白い影が見えます。

恐ろしさに震えてもおかしくないのに、千冬の胸は高鳴りました。

目を凝《こ》らして、白い影を見つめます。

次第に輪郭《りんかく》がハッキリと形をおび、美しい瞳をした、一人の少女が現れました。

そして、パッと千冬の手をつかむと、「行こう！」と叫び、エントランスの奥まったところ、13星座のタペストリーへと走り出したのです。

闇の中を。

千冬は涙があふれそうになりました。

だって、嬉しかったから。

ずっと、千冬を迎えに来るはずの誰かが、もしかしたらエンマさまの手先かもしれないそのひとが、少なくともその瞬間の千冬にとって、誰より待ち望んだひとでした。

千冬は、ただただ嬉しくて、少女と一緒に闇の中を駆《か》けました。

いつもならカラカラに乾いている喉《のど》は、不思議とうるおっていました。むせかえるような暑さも、闇の中では感じませんでした。

そして、おそらくは魚座のタペストリー目掛《めが》けて、共に、飛び込もうとしたその時……。

——ドシンッ！

鈍い音と共に、激しい痛みが身体を襲《おそ》いました。

「……いっ、たっ……」

千冬は肩から壁に体当たりした格好で、あおむけに転んでいました。

ぶつけた肩をさすりながら起き上がります。

少女が言いました。

「え！　あなた、まだ入れないの？」

「……昼間は、入れそうな気がしたんだけど」

まるで言い訳するように、答える千冬。

「そうなんだ。困ったな。てっきり一緒にあっちに行けると思ったのに」

闇の中に、ほの白く立つ少女は、困ったように首をかしげます。

そして、ふわっと宙に浮かびあがると、タペストリーを点検し始めました。

その姿に、千冬はそっと目をやりました。

髪は明るい栗色で、瞳はイキイキと輝いています。ほおはポッと上気したように、薄桃色をしています。そりゃあもう、愛らしい姿なのです。

にもかかわらず、少女の脚《あし》は、ぼやけてしっかりと見えません。闇にまぎれて判然《はんぜん》としません。

「……あなた、幽霊《ゆうれい》なの？」

と、おそるおそる尋《たず》ねました。

少女は、「ん。まあね。たしかにそんな類《たぐい》ね」と返事をし、13星座のタペストリーをさすったり、つぶさに見入ったりしています。

「千冬も入れそうな場所を、探してるんだけど……」

言われて、邪魔《じゃま》をしてはいけないと、一歩、後ろに身を引きました。

ふと、大理石の柱に映った自分の姿が目に入ります。

やせたほお。生気のない瞳。髪は真っ黒で重く、青白い顔を覆《おお》い隠しています。

(どっちが幽霊なんだか、わかりゃしないわ)

千冬はため息をつきました。

その時、少女が自分の名を口にしたことに気がついて、顔をあげます。

「あなた、どうしてわたしの名前、知ってるの？」

「だって、ずっと待ってたもの」

答えにならないその答えを、なんとも嬉しく感じながら、「そうなんだ。ねえじゃあ、あなたの名前は？」と尋《たず》ねます。

「わたし？　わたしは……」

少女は一瞬、手を止めて、しばらく黙っていましたが、千冬の方に振りかえると、『ふゆ』。それがわたしの名前」と、答えました。

「ふゆ？」

きょとんとして、聞き返します。

千冬は心の中で「おかしな偶然《ぐうぜん》……」とつぶやきました。

自分の名前の「冬《ふゆ》」の字が、たまたま彼女の名であることを、いぶかしく思ったのです。

その時でした。

ギィィ……と扉の開く音が聞こえます。

千冬は思わず、少女の方に身を寄せました。

「誰かいるの？」

聞き覚えのある男の声。

（アイツだ。あの……名なき者だ！）

思わず、ふゆの手を強くにぎります。

ふゆもまた、「まずいわね。一か八か、牡羊座神話に飛び込もうかしら」とつぶやきました。

パッと、千冬の姿が白いライトに照らし出され、男がゆっくりと近づいてきます。

その瞬間、ふゆは、千冬の手首を強くにぎり返し、勢いよく飛び上がりました。

するとどうでしょう！

なんと千冬の体も、ふわりと宙に浮いたではありませんか！

「あっ！」

男が慌てて、こちらに駆《か》け寄ります。

もっともその時には二人とも、牡羊座のタペストリーへ、共に飛び込んだ後でしたが……。

＊

「ま、待って！　行くな！」

背後で男が、叫んだようでした。けれど、風を切る激しい音にかきけされました。

スパークする光り。

雲の上から真っ逆さまに、どこかに転落するような不安感。

出会ってすぐ、ふゆの手を取り、闇を駆《か》け抜けた時には感じなかった強い恐れが、胸をしめつけます。

千冬は乱れる髪をおさえ、少女の横顔を盗み見ました。

少女は目を閉じ、向かい風にあおられながら、歯《は》を食いしばって走っています。

（ついてきて、よかったんだろうか……）

初めてよぎる、小さな迷い。

「大丈夫。わたしを信じて」

その声に驚いて、もう一度少女の横顔を見直すと、いつの間にか瞳は大きく開かれ、何かに立ち向かうように前を見つめています。

千冬は、ぐっと少女の手をにぎり返しました。

（大丈夫。わたしたちは間違っていない）

心の中で、祈るよう唱えながら。

7・名なき者はむさぼり食う

日が沈み、熱を含んだアスファルトの歩道を、翔はとぼとぼと歩いていました。

辺りは風もなく、こめかみから玉のような汗がしたたり落ちます。

（今日も収穫はなかったな）

ため息をつきました。

そうしてふと、タペストリーの前で出会った少女のことを思い出します。

振り返ってこちらをにらんだ黒い瞳が、印象的でした。

（一瞬、彼女かと思ったんだ）

エントランスに入ってきた少女を見て、翔はハッとしたのです。（あの子だ！）と、心が湧きたちました。けれど……。

（彼女は人間だった。今にも消え入りそうだったけど。間違いない。肉体を持ってた）

だから、声をかけるのを留《とど》まったのです。

そしてまずは、ジッと少女の様子をうかがいました。

町で会う多くの人々と同じように、少女の月はさびしそうでした。そして、自分を守るために、心が石のように硬直《こうちょく》していました。

(あれじゃあ、寄ってきてしまうよな)

それは別段、めずらしい景色ではありませんでした。

少女の心、すなわち月の周りには、名なき者がうようよしていました。

そのうちの一人は、彼女の『悲しみ』をムシャムシャと食べていました。彼にとって『悲しみ』は、美味しいご馳走《ちそう》なのでした。

また別の名なき者は、少女の『孤独』を吸っていました。彼女にとっては『孤独』こそが、美酒に他なりませんでした。

(奴らは人の感情を餌《えさ》にする。それも、喜びから生まれる感情ではなく、恐れから生まれる感情だ)

翔が名なき者の存在に気づいたのは、いつの頃でしょう。

痛んだ月の周りをうごめく、黒雲のような何者か。

人々の月の嘆《なげ》きを聞くうちに、次第に彼らの存在が、明らかになっていきました。

（名なき者たちは、恐れの感情を食べて生きる。

そして、人々が恐れから何か強く願った時。例えば……）

自分をしいたげたあいつらを、見返してやりたい。だからわたしに権力をください。

平凡《へいぼん》では、存在すらあやぶまれる。だからわたしに特別な才能をください。

愛されないことが、なにより怖い。だからわたしに家族をください。

こんな風に、願った時。

名なき者達は、こっそり、その人と約束を交わすのでした。


お前が望むものを与えてやろう。

誰かを蹴《け》落とし、誰かを押しのけて、お前は欲しいものを手に入れる。

そうして欲望を満たしたら、きっとお前は、人々から、ねたみやそねみを受けるだろう。

彼らの感情をあなどってはいけない。具体的な嫌がらせや妨害《ぼうがい》より、もっと恐ろしいのは人の思念《しねん》と思うがいい。その思念によって、お前の命を奪うことすらできるのだから。

だが、案ずることはない。

そんな彼らの思念からも、このわたしが守ってやろう。弾き飛ばして、彼らに返してやろう。

ただし……。

そうやって、お前が求めてやまない強烈《きょうれつ》な願いが叶ったら。お前はわたしに、しかるべきものをよこすがいい。わたしが求めるものを、いついかなる時も逆らわず、よこすがいい。

そんな約束を。

ところが名なき者達も、その力の度合いは、まちまちのようでした。

たしかに願いは叶えられ、栄光や権力を与えられる人もいるけれど。実はまやかしの約束を結ばされ、何も得られないのに、欲望は消えることなく、不安や焦《あせ》りの尽きない人生を歩む人も、たくさんいるのでした。

願いを叶えられた人々も、いずれは名なき者から、何かを要求されます。

その要求はさまざまだけれど、たった一つ共通するものがあるとすれば……。

——絶望。

怒り、嫉妬《しっと》、悲しみ、恨み、さびしさ、責め……。あらゆる恐れの感情たち。

そいつが数秒間から、時に数カ月の間《あいだ》、訪れて、その人を離しません。

その間、名なき者は、しめしめと暗闇から顔を出し、己の好物の感情を、貪《むさぼ》り食うのでした。

＊

（あの少女の周りにも、名なき者たちが集まっていた。別に珍《めずら》しいことじゃないけど……）

翔は立ち止まりました。

彼女がタペストリーににじり寄った瞬間を、思い出したのです。

（妙だったのは、彼女もまた、あのタペストリーの中へ飛び込もうとしたことだ）

そう。いつかの晩に出会った、光流《ひかる》の魂《たましい》のように。

翔はまた、６年前の出来事に、思いをはせるのでした。

8・消えてしまった光流の魂

あの日の夜、翔は焦《あせ》って車を飛ばしていました。

博物館に古いタペストリーを搬入《はんにゅう》し、エントランスの壁に展示をすれば、今日のバイトは終わり。仲間が熱を出して休んだことから、このすべてを一人で済ませなければなりません。

本当は翔だって、一刻も早く帰りたかったのです。

なぜなら、子どもの頃からずっと可愛《かわ》いがってきた愛犬のちょびが、連日の猛暑《もうしょ》で泡を吹いて倒れたと、家から知らせがあったのです。

ボトルに残ったわずかな水で、口の中を湿らせ、またボトルに戻します。

そうやって、乾《かわ》いた喉《のど》をだましだまし癒《いや》しながら、翔は車を走らせました。

早く仕事を終え、ちょびの元へ帰りたい一心で。

もしかしたら、意識がわずかに、朦朧《もうろう》としていたのかもしれません。

気持ちが焦《あせ》り、視野がせばまっていたのかもしれません。

道を左に曲がろうとした瞬間、翔は、車道に走り出てきた自転車を見誤《みあやま》ってしまったのです。

すぐにハンドルを切りました。けれど、間に合いませんでした。

車は電柱に激突し、自転車に乗った少女もまた、ポーンと跳ねるように飛ばされたのです。

意識を失った二人は、道行く人の通報で、すぐに病院へ運ばれました。

翔はろっ骨を折り、軽いむち打ちが残りましたが、命に別状はありませんでした。

少女はと言うと、落ちた場所がツツジの植え込みだったせいでしょうか。奇跡《きせき》的に、かすり傷だけで、体に異状は見られませんでした。

にもかかわらず、意識を失ったまま、こんこんと眠り続けたのです。

少女の名は、光流《ひかる》と言いました。

以来、光流は目を覚ましません。

＊

（あの時、彼女は13星座の神話の中に、入ってしまったんだ……）

事故で気を失った瞬間。翔は、車に積んだ13星座のタペストリーと、自分の意識が溶け合って行くのを感じていました。

これはさして、変わったことではありませんでした。

かねてから、誰かが心を込めて作ったもの、とりわけ絵画や物語に、幾度も吸い込まれそうになったことがあるのです。そのたびに、意志を固くし、自分に戻る努力をしました。

とくに古い作品には、作者そのものの月だけでなく、その作品に心揺《こころゆ》さぶられた幾万の人々の月が、まるで残り香のようにしみついているのです。

(中でも、あの13星座のタペストリーは特別だった)

上手く言えませんが、あのタペストリーは、今まで見たあらゆる美術品とはまた別の、不思議な重厚感がありました。

幾万の人々の月の残影。その量が桁外《けたはず》れで、もうそれそのものが一つの生き物のようなのです。

初めてあのタペストリーを見た時から、「これはオレの手に負えない。間違って入り込まないようにしないと……」翔はそんな風に思ったのでした。

にもかかわらず、あんな事故が起きてしまった。

そして翔も光流も、13星座のタペストリーの、だだっぴろい世界へと放り出されてしまったのです。

それから、翔は、目覚めてこの世界に戻り、少女は一人、あのタペストリーのただ中に残されてしまったのでした。

うすらいでいく意識の中で、翔は少女の白い影を見ました。

13星座のタペストリーの世界へ、消えていった光流の魂《たましい》。

そして……。

（あの場所には、もう一人いた）

あの時、翔は、生まれて初めて名なき者と、正面から向き合ったのです。

それまでは、人々の痛んだ月の周りをうごめいている、黒いモヤモヤにすぎませんでした。

けれども事故を起こしたあの晩は、ハッキリと彼の存在を感じたのです。

＊

翔は、強い恐れにとらわれていました。

肉体の痛みへの恐れ。

死ぬことへの恐れ。

誰かをひいてしまったことへの恐れ。

その感情に、恐れにのまれた翔の月に、一人の名なき者が近づいたのです。

黒い衣の間から、差し出された真っ白な手は、氷のように凍《い》てついて見えました。垂《た》れた髪は片方の目を隠し、あらわになった左目は、ゾッとするような美しさで、赤く光っています。

名なき者は、翔に向かって優しく語りかけました。

「お前は罪を犯してしまった。

この娘は二度と目覚めない。かわいそうに。

命が尽きて、肉体がチリとなれば、やがて家族も娘を忘れるだろう。その忘却《ぼうきゃく》が、いずれ、お前をゆるすだろう。

けれど肉体は滅ばないのだ。意識だけが戻らない。

家族は、娘が目を覚ますことを、毎日のように祈るだろう。

その期待。お前への隠れた憤《いきどお》り。恨《うら》み。

それがこの娘の命ある限り続くのだ。お前には耐《た》えられるかい？」

翔の月は、もう自分ではどうすることもできないほどに、わなないていました。

それは耐《た》えがたい感情でした。

この感情のただ中に居続けるなら、どこでもいいから逃げてしまいたい、そう思いました。

「どうすればいい」

と、うわずった声で尋ねます。

名なき者は、ふふっと笑い、翔に告げました。

「簡単なことだ。わたしと共に、ここを去ればいい。

我々が行くところには誰かの無言の責めもない。お前は自由だ。

ほら、お前をずっと待っていた、この者も一緒だ」

見ると、そこには翔の友、愛犬のちょびが、黒目勝ちな可愛い瞳でこちらを見上げているではありませんか！

翔は思わずよろよろと、ちょびに近づきました。

「そうだ。おいで。罪深き者よ。ちょうどこの犬もお前と共に、冥府《めいふ》へと向かうさなかだ。

我々は共にあり、この地球で罪に苦しむ者たちを、肉体というしばりから自由にする、尊い仕事をしようじゃないか！」

そう言って名なき者は、労わるように、翔の背に触《ふ》れようとしました。

翔は思い出していました。

いつだったか、大きな国の外務大臣の傍《そば》にいた、名なき者のことを。

いえ、当時はそれが名なき者と言うことも、翔は知りませんでした。彼の姿はぼんやりとして薄黒く、判然《はんぜん》としなかったのです。

けれど、今ここで翔を説き伏せようとする彼こそ、あの時、大臣の傍《そば》にいた名なき者でした。冷たく白い肌を持ち、吸い込まれるような赤い目を持ったこのひと。

「おや、思い出したか。

当時、わたしは時空を超えて、ヤツの演説に耳を傾ける、世界中の聴衆《ちょうしゅう》を品定めしていた。よく覚えている。多くの聴衆のなかでも、お前は特別なにおいがした……」

『特別』と言う言葉に、惹《ひ》かれる自分がまだいたことを、翔は驚いていました。

でも、そんな自分の弱さも悲しさも、もうどうでもいいのでした。

翔はちょびと共に、すべてから自由になりたいと思いました。

水を求め続けるカラカラに乾《かわ》いた肉体からも。人々の、終わりのない月の嘆《なげ》きからも。崩《くず》れ行く、この地球からも。

翔は自由になりたいと思いました。

そうして、自分に伸びた冷たい手に力なく触《ふ》れようとした時。

「ちょび！　行け！」

と、少女の叫ぶ声が聞こえたのです。

瞬間、足元でしっぽを振っていたちょびが、パーンと弾《はじ》け、消えました。

そして、勇敢な目をした本物のちょびが、まっしぐらに駆《か》けてきたのです。

ちょびは飛び上がり、ぬめりを帯びた名なき者の手に、勢いよくかぶりつきました。

闇をつんざく悲鳴。

我に返る翔。

名なき者は舌打ちをして、振り返ります。

そして、彼方に立っている少女を、恐ろしい目つきでにらみすえると、彼女に向かって猛スピードで走り出しました。

「ちょび！　おいで！」

と、少女が声を張り上げます。

その声に応じるように、ちょびはすぐさまUターンをし、走り出しました。

翔は何か起きたのか、わかりません。

ただ一つわかったのは、白っぽい少女の影の向こうに、例のタペストリーの世界が広がっていることでした。

怒り狂う名なき者を追い越し、ちょびが少女の元へ駆け戻ります。

そして二人は、名なき者から逃れるように、13星座の神話の海へと飛び込んだのです。

＊

ゆっくりまぶたを開くと、古ぼけた病院の天井が、広がっていました。

翔が事故を起こした、翌朝のことでした。

9・再会

13星座のタペストリーの中に、光流の魂が消えてから、翔は博物館の掃除《そうじ》のアルバイトを始めました。

時間のゆるす限り神話の世界に忍びこみ、ずっと光流を探してきたのです。

そして今日、どこか光流を思わせる人間の少女と出会ったのでした。

（あの子はたぶん、無意識だったろうが……。たしかに、あのタペストリーへ飛び込もうとしていた）

横断歩道を歩きながら、昼間の出来事を思い出します。

（あの世界に入るのは、そんなに簡単じゃない。生きている人間ならなおさらだ。けれどあの子は……）

信号が点滅《てんめつ》を始め、足を速めようとして、はたと立ち止まりました。

（あれ？　オレ、扉の鍵、閉めたかな）

一度、何かに集中すると、普段、当たり前にできていることすら、忘れてしまうのです。

横断歩道の真ん中で、一人、記憶をたどる翔。

考えていても仕方ないと、きびすを返しました。

そうして、夜の博物館へ戻ったのです。

＊

案の定、鍵は開いたままでした。

おまけにほんの少し、扉が開《ひら》いています。

（誰か、入ったのかな？）

もしかしたら、いつもこの辺りをうろうろしている、池くんでしょうか？

おそるおそる扉を押すと、館内に古い蝶番《ちょうつがい》のきしむ音が響きました。

一歩踏《ふ》み出し、ジッと暗闇の中を見つめます。

「誰かいるの？」

勇気をふりしぼり、声をあげました。

どうやらタペストリーの前辺りに、人影があるようです。ボソボソと話し声も聞こえます。

翔は携帯電話をライトに切り替え、声のする方を照らしました。

髪の長い少女らしき人影。そして、彼女の背後に、もう一つの白い影。

（光流だ！）

ハッキリと見えたわけではありませんでしたが、翔は直感しました。

６年前の晩、名なき者から助けてくれた、あの少女。

ぼんやりと見えた白い影は、彼女に違いないと感じたのです。

瞬間、二人の少女が、ふわりと宙に浮かび上がりました。

「ま、待って！　行くな！」

思わず、駆《か》け寄ります。

けれど、あっという間に少女たちは、牡羊座神話の絵柄の中へと消えてしまいました。

翔はしばし考え、覚悟を決めたようにうなずきます。

そして、いつも高窓の清掃に使っている、背の高い脚立《きゃたつ》を持ってくると、急いでタペストリーの横に立てかけました。

はしごを駆けあがり、上段に立ちます。

翔は深呼吸を一つして、えいっと牡羊座神話の中へ飛び込みました。

10・『1』に満たない物語

ギリシアのさる小国の
アタマース王には
プリクソスとヘレーと言う名の
王子と姫がおりました。

王の後妻のイーノーは
王子と姫をうとましく思い、
ついには一計を案じます。

秋、国中の女たちに小麦の種もみを
火で炒《い》っておかせ、
何も知らない男たちは、
その種もみを畑にまきます。
当然ながら
春になっても芽は出ません。

王は困って、太陽神アポローンに
神託《しんたく》を仰ぎますが……。
イーノーが手を回し、
「王子と姫を最高神ゼウスに

生贄《いけにえ》として差し出せば、
凶作はやむだろう」
と、偽《にせ》の神託を
受け取らせます。

これを知った兄妹の実の母、
雲の精霊ネペレーは、
最高神ゼウスに「助けて欲しい」と
懇願《こんがん》しました。

そうして兄妹が生贄《いけにえ》になる寸前、
金色の羊が天から舞い降り、
二人を乗せて小国を
飛び立ったのです。

ところが兄妹を乗せた羊は
途中、大海原で姫ヘレーを
落としてしまいます。

無事コルキスに
降り立った王子プリクソスは、
助けてもらった感謝の印に
羊をゼウスの祭壇《さいだん》へ
捧《ささ》げたと言います。

千冬がまぶたを開くと、そこは大きく厚みのある雲の上でした。
眼下には街が広がっていました。
山の上の羊飼いは、泉の傍《かたわ》らに疲れて横たわり、やせ細った羊たちは争うように草を食《は》んでいます。畑は枯《か》れ、乳飲み子は泣き、人々は草の根、木の皮をむしって食べています。小高い丘にもうけられた神殿は、いたるところにクモの巣が張り、お供え物を一人の物乞《ものご》いが盗もうとしています。

雲の下に続く、すさんだ景色から目をそらし、千冬は傍《かたわ》らに立つ、ふゆを見上げました。

心なしか、ふゆの顔は青ざめて見えました。

「ここ……どこ？」

「牡羊座《おひつじざ》神話の中」

ふゆはそう答えて、「だから来たくなかったのよ。この神話には」と、続けます。

「牡羊座の神話なら読んだことがある。そうか……。イーノーが種もみを炒《い》らせたせいで、国中が不作なんだね」

言いながら、千冬は自分の肩を強く抱き寄せました。

なんでしょう？

荒れ果てた大地のせいだけではありません。空っぽの身体の中で、ビュウビュウと木枯らしが吹いているようです。

この感覚に、千冬は身に覚えがありました。

学校の休み時間、ぼんやりと席に座ってやり過ごしている時。黙々と家へ帰る道すがら。

語らう相手のない、静かな夕食。さびしいという感情さえ、もう、よくわからなくなってしまった、抜け殻《がら》のような自分。

「この場所に来ると、わたしたちは皆、孤独に打ち震えて生きていることを思い知らされる」

ふゆが言いました。

「この世に生まれ落ちた瞬間。

前触《まえぶれ》れもなく、気遣《きづか》いも優しさもなく、唐突《とうとつ》にへその緒を切られたような……。

一瞬にして、源《みなもと》と分断されたような、そんな感覚。

牡羊座神話にやってくると、母とのつながりを引きちぎられた『最初の独りぼっち』を思い出す」

そう言うと、ふゆは千冬が抱えている、一冊の本に目をやりました。

その視線に応えるように、千冬は本を差し出します。

ふゆは黙って受け取ると、ペラペラとページをめくりました。

「見てごらんなさい。

西洋占星術*では、『人の一生』を牡羊座から魚座までのサイクルによって表してる。

牡羊座は『1』。人生の始まり。生まれたばかりの赤ん坊。

＊西洋占星術とは、星占いの元になったもので、2000年以上前から続く、古代の学問です。

けれど、いつも思うのよ。この神話はさびしすぎるって。

　この場所を『始まり』とする限り、人は生涯、理由のわからない孤独感から、逃れられないんじゃないかって」

　ふゆの言葉を聞きながら、千冬はぼんやりと、昔、叔母《おば》さんが話してくれた西洋占星術のことを思い出していました。

＊

「星占いってのはね。あんたの魂《たましい》の、あるがままを教えてくれる星の叡智《えいち》さ」

「わたしの魂の、あるがまま？」

　叔母さんは、千冬をひざの上に乗せて

やると、パソコンの画面に表示された、
彼女の生まれた瞬間の星の配置図《ネータルチャート》を見せてやりました。

「ごらん。お前が生まれた時、月はかに座のこの場所にあった」

「月って、お空に輝くお月様？」

「ああ、そうさ。天体には、それぞれ役割があってね。

月なら、素の自分。心。子どものような、ピュアな部分。そんなものを司《つかさど》ってる。

そしてね。この時、月は、ほら、真向かいに位置する冥王星《めいおうせい》の影響を、強く受けているんだ」

「冥王星にも役割があるの？」

叔母さんはニッコリと笑って、「ああ、

お利口だ。その通り」と、千冬の頭をなでてやます。

「この星は、その人の闇、魂が強い浄化を求める場所を表している。お前の出生図《ネータルチャート》を見ると、どうやら、とても大きな魂の決めごとをしていて、それがお前の存在を、大きく揺さぶっているんだな」


あの日以来、凍《い》てつくような人生の理由は、星の配置のせいなのかもしれないと、ぼんやり思ってきたけれど……。

本当は、千冬だけではなかったのかもしれません。

へその緒を断ち切られ、孤独に打ち震えながら、誰もが一人、ポツンとこの世界に立っていたのかもしれません。

それなら互いに寄りそえばいいのに、なぜだかわたしたちは誰かを求めるほど、さらに深くさびしさを感じてしまうのでした。

＊

千冬は顔をあげました。

眼下に広がる牡羊座神話の世界。その向こう。

東の空の彼方から、暖かな風がスーッと流れてきたように感じたのです。

雲の切れ目から差し込む、淡い光り。

ジッとその辺りを見つめて、「あそこには、何があるの?」と、つぶやくように言いました。

「ああ。12星座の神話は輪になっているから。東の彼方には、魚座神話があるんでしょう。

この場所からは見えないけれど」

と、ふゆが答えます。


ドクンッ……と、心臓の音が聞こえたように思いました。

脈打つように、また一つ、ドクンと辺りが震えました。

千冬は呆然《ぼうぜん》と、魚座神話があると言う、東の空を見上げました。

命を宿した母の胎《はら》のように、天が鼓動《こどう》しているのです。

源に抱かれた赤ん坊の心臓の、力強く脈打つ音が、聞こえるのです。

千冬は立ち尽くしたまま、天の鼓動に耳を澄まし、広がる大きな命の躍動《やくどう》を、全身で感じようとしました。

——今度は……今度は、わたしがあなたを……。


耳鳴り。

その向こうにうっすらと聞こえる、かすれた声。

はるか昔、ふゆの耳元でささやいた、これは確かに千冬自身の……。


瞬間、足元から「きゃんっ」と愛らしい声が聞こえました。

思わず驚いて、飛びのきます。

見れば、ふゆのスカートの間から、愛らしい子犬が顔をのぞかせているではありませんか。

「ああ、びっくりした。なに？　この子。牡羊座神話に犬なんていた？」

千ばつの続く千冬の世界、地球では、動物に分け与える水がないため、もうほとんど誰もペットを飼《か》っていません。子犬を見たのは、いったい何年ぶりでしょうか？

「ああ、この子はちょび。

本当はずいぶん以前に、天に還《かえ》っていい魂なんだけど。ひょんなことから友達になってね。今はこの、13星座の神話の世界で暮らしてるのよ」

「子犬のまま死んじゃったの？　かわいそうに……」

千冬はちょびの頭をなでながら、慰《なぐさ》めるように言いました。

「ううん。七つくらいまでは生きたんじゃない？

けど、この姿の方が、友達が見つけやすいから。子犬の姿でいるんですって」

「友達？」

「ねえ、それより千冬。魚座神話がどうかした？」

言われて千冬はあらためて、東の空に目を向けました。

天は静けさを取り戻し、たった今感じた、生々しい命のゆらめきはありません。

無機質な灰色の雲が、どこまでも続くばかりです。

「……ううん。なんでもない」

千冬がそう答えると、ふゆは軽くうなずいて、真面目な顔で向き直りました。

「ねえ、千冬。ここに来たからには一つ、大切な決まりごとがあるの」

「決まりごと？」

「そう。神話は、わたしたちがむやみに変えてはいけないもの。だから起こることすべてを、ただ見守ること。

わかった？」

「わかったけど。でもどうして？

たかが神話じゃない。どっちみち、人が語り継《つ》いだものでしょう？

わたしたちが変えたって、大して問題ない気がするけど」

ふゆがため息をつきます。

「なんにも、わかってないのね。

神話には宇宙の暗号が隠《かく》されてる。そんなに簡単にいじったら、世界が壊《こわ》れかねない」

「世界が壊れる……？」

あんまり大げさに感じて、思わずくすりと笑う千冬。

その様子に、ふゆはほおを膨《ふく》らませると、「言っておくけど。神話に手出しをしたならば、あなたも登場人物の一人として、この世界に閉じ込められちゃうことだってあるんだから！

そうなったら人間には戻れないし、魂に戻って天に還ることもできない。

たまーにいるのよ、そういうアンポンタンが。無知で無鉄砲なお節介《せっかい》がね」と、脅《おど》かしてみせます。

それでも、ぽかんとしている千冬をじれったそうに横目で見ると、ふゆは、「あれをごらんなさい」と、大地を指さしました。

いつしか二人の乗った厚い雲は、風に流され、海の方へと押し出されていました。目を凝《こ》らせば、アリのように小さくなった人々が、大かごを担いで列をなし、神殿へ続く丘を登って行きます。きっと、かごの中には生贄《いけにえ》に差し出される、プリクソスとヘレーが入っているのでしょう。

千冬とふゆが事の成り行きを見守っていると、突如《とつじょ》、雲が切れ、強い光りが大地を照らしました。

現れたのは、金色の牡羊です。

人々は突然の使者に驚いて、担いでいたかごをその場に残し、散りじりばらばら逃げ出しました。

その間《ま》に、金の羊はプリクソスとヘレーを背に乗せると、勢いよく空に舞い上がります。

千冬は思わず、雲の上から身を乗り出しました。

「すごい！　牡羊座神話の名場面！　これで二人は助かるのよね！」

はしゃぐ千冬をしり目に、ふゆは黙ったまま。

その静かな横顔を眺めるうち、千冬は、やっと牡羊座神話の結末を思い出しました。

(そうだった。たしかこの後、あの兄妹は……)

海の上をまっすぐに、こちらへ向かってくる牡羊。

そしてちょうど、千冬とふゆが立つ雲のすぐ横を、駆《か》け抜けようとした時です。

思いもよらぬことが起きたのです。

ほんの一瞬のことでしたが、羊の背に乗った少女ヘレーと千冬の目が合いました。ヘレーは驚きのあまり、身体をねじって振り返ります。

そして、バランスを崩《くず》し、真っ逆さまに大海原へと落ちていったのです！

千冬は目を見開いて、雲の下を覗《のぞ》き込みました。

しぶきを上げ、ヘレーが海の底へと消えていきます。

「い、今、わたしたちを見つけたせいで、落ちたのよね?!」

「まあね。でも、どのみちあの子は海に落ちる運命だから。

ここで彼女を助けてごらんなさい。『すべての始まり』を象徴する牡羊座神話が変わり、世界の成り立ちそのものが変わってしまう。だから……」

ふゆの言葉を、千冬はもう聞いていませんでした。

突然、雲を蹴《け》り、ヘレーが沈んだ大海原へ、飛び込んだのです。

「あっ！　千冬！」

11・千冬の振り上げた刃物のような鋭い石

——神話は、わたしたちがむやみに変えてはいけないもの。だから、起こることすべてを、ただ見守ること。


その海は、ねっとりと身にまとわりつくようでした。

闇の底に落ちて行くヘレーの姿を探そうと、目を凝《こ》らします。

けれど、どこにも見当たりません。人影一つ、見つけることができません。

千冬は次第に、妙な感覚にとらわれていきました。

（ヘレーは、わたしだ……）

誰もいない海に一人沈んで行く自分が、まるで自分ではないような。神話の登場人物に、なり替わってしまったような、異様な感覚。

苦しくなって、海の上、光りが降り注ぐ頭上へと目をやります。

(死んでしまうかもしれない……)

千冬は思いました。

そして何故か、そのことが無性に嬉しいのでした。

おぼろげな意識の中、まぶたを閉じようとした時。

突然、光り輝く海面の向こうから、しぶきを上げ、誰かが飛び込んできました。

影は千冬に腕《うで》を伸ばし、こちらへ向かってきます。

(プリクソス……?)

一瞬、そんなことを思いました。

だって昔から、牡羊座神話は妙だと、ずっと感じていたのです。

どうして兄プリクソスは、落ちた妹をそのままにして、新しい場所へ行ってしまったのでしょう？　なぜ、羊の背から飛び降り、妹を助けに向かわなかったのでしょう。

それがずっと、不可解だったのです。

なんだか腹立たしかったのです。
千冬は、光りの向こうから伸びる手を、しっかりとにぎりました。
それは男の手でした。
厚く、力強い、男の手でした。

＊

目を覚ましました。
辺りは薄暗く、ごつごつした岩場が広がっています。
千冬はぬれた身体を起こそうとして、ぎょっとしました。
右の手首をしっかりとつかむ、誰かの手。その手をひきはがすようにほどきます。
見れば傍《かたわ》らに、黒っぽい服を着た男が横たわっていました。
(アイツだ。博物館で会った、名なき者)
千冬は急に恐ろしくなりました。
恐ろしくて恐ろしくて、ぶるぶるぶるぶる震えました。

（この人との約束を、反故《ほご》にしなければ……）

夜の博物館に再び現れ、神話の中まで追いかけてきた男。海に落ちた千冬を逃すことなく、その手をつかみ、離さない者。

（こいつはきっと迫ってくる。約束を守れと）

思わず、傍《そば》に転がる先のとがった平たい石をつかみました。

そして、男の持ち物でしょう、少し離れて落ちていた携帯電話を拾い上げ、青光りするライトで辺りを照らします。

おもむろに、石をにぎった手を振り上げました。

このまま男の息の根を、止めてしまおうと思ったのです。

その時でした。

男が小さくうめき声をあげ、わずかに、頭を傾《かたむ》けます。

千冬はハッとしました。

光の中に照らし出された男の横顔を、この時、初めてハッキリと見たのです。

青年の顔は、美しいように見えました。

とたんに、千冬はどうしたらいいか、わからなくなって、男の姿をぼう然と見下ろしました。

男はやがて、目を覚まし……。青白い光の中に立つ少女の影を、目を細め、仰ぎ見ました。

「君を……ずっと探してた」

男が言いました。

細くかすれた声でしたが、男の声には静かな力強さがありました。その声に身をゆだねれば、希望が少しずつ湧いてくるような、そんな力強さでした。

「帰ろう……オレと一緒に」

手の中の石が、ぽたりと大地に落ちました。

そうして千冬が、こちらに伸びた男の腕に触れようとした、そのわずかな隙《すき》を、スーッと白いものが通り抜け、岩場の陰に落ちました。

妙なことにそれは、キッチリと折られた紙飛行機でした。

さらに闇の向こうから、ハッハッと小さな息が聞こえたかと思うと、一匹の子犬が現れたのです。

子犬は紙飛行機を口にくわえて駆《か》け戻ると、男の傍《かたわ》らに腰を下ろしました。

男は勢いよく起き上がり、「ちょ、ちょび！　ちょびじゃないか！」そう叫んで、子犬を力いっぱい抱きしめました。

12・人違い

翔は幸せでした。

ずっと忘れていたちょびの温もり。愛らしい、うるんだ瞳。

ちょびの頭を、くしゃくしゃになるまでなでまわします。

喜ぶ主《あるじ》に身を任せていたちょびは、やがて翔の瞳をまっすぐに見返すと、きゃんっと一声、鳴きました。

口にくわえていた紙飛行機が、翔の手の中に落ちます。

折られた紙を開くとそこには、今まで見たこともないような文字や図形が、びっしりと記されていました。

興味深そうに、少女が覗《のぞ》き込みます。

「なんて書いてあるの？」

「わからない。君ならわかるんじゃ……」

そう言いかけて、翔は間近にせまった少女の顔を、マジマジと見つめました。

（あっ……）

なんと言うことでしょう。

昨日、日中《ひなか》の博物館で出会った、あの少女です。魚座神話に入ろうとしたところを、腕をつかんで止めたあの少女。

翔は思わず、はあ、と大きくため息をつきました。

（オレってヤツは。なんでいつも、この子と光流を間違えるんだ）

雲の上に並ぶ二人の姿を見つけた時。

顔もわからない人影でしたが、勇敢に海へと飛び込んだこの人を、光流と思ったのです。

6年前に、翔が車でひいてしまった少女。名なき者から助けてくれた、あの少女。

彼女を元いた場所、元いた肉体に連れ戻そうと、ここまでやってきたのに……。

（また振り出しか……）

翔はぐったりと肩を落としました。

＊

「あなたって、名なき者じゃないの？」

少女が言いました。

「えっ　オレが？　バカ言うなよ。オレは人間。あんたと一緒！」

つい気分に任せて、つっけんどんな態度をとってしまいます。

「そうなんだ。わたしてっきり、あなたは名なき者だと思ってた。

でも、ちょびの親友があなたなら、きっとわたしのカン違いね」

少女はそう言って腰を下ろし、ちょびの頭を優しくなでます。

翔は顔をあげました。

「ちょびの親友って。それ、誰に聞いたの？」

「わたしの友達。この世界でちょびと一緒に暮らしてる、とびきり可愛い女の子よ」

「その子、どこにいるの？」

「えっ……」

きょとんとして、翔を見返します。

「だから、その子、君の友達について知りたくて。その子の名前は？」

少女は怪訝《けげん》そうに、言葉を返します。

「友達のこと聞く前に、わたし、あなたの名前も知らないし」

「あ、ごめん。オレは翔。で、その子の名前は……」

「それにわたし、『あんた』でも『君』でもないし！」

ふくれっ面で答える少女に、「あ、そうだな。ごめん。君の名前は？」と、ばつが悪そうに尋ねます。

ムスッとしたまま、少女は口を開きました。

「わたしは千冬。友達の名前は、ふゆだよ」

「ふゆ……」

聞いた名前を反すうし、あらためて千冬に向き直ります。

「間違いない？　それ、本当に彼女の名前？」

千冬はあきれ返って、翔をにらみつけました。

だって、あまりにデリカシーがありません。

せっかく友達になれるかもしれないと思ったのに、この青年ときたら、千冬の「可愛い友達」が気になって仕方ない様子なのです。

ふう、と小さくため息をつき、それでも千冬は青年のために、ふゆのことを思い返しました。

「んー。もしかしたら違うかも」

「え！　どうして？」

目を輝かせ、つめ寄る翔。

「たしかなことはわからないけど。彼女、わたしの名前から一字をとって、その場で適当に名乗ったのかなって。そんな風に思ったの」

「なるほどな。千冬と、ふゆ……か」

翔は思案気にうなずきます。

すると今度は待ちくたびれたように、ちょびが「きゃん！」と吠えました。

そして、放り出された紙飛行機を口にくわえ、トットットと走り出したのです。

「あ、ちょび！」

二人は思わず、その後を追いかけました。

13・ギリシャ神話に隠された本当の占星術

ちょびの白っぽい小さな体は、まるで薄闇《うすやみ》を行く行燈《あんどん》のよう。

玉のように弾みながら、足場の良い岩を見つけては跳《は》ね、二人はその後に続きます。走るうち、辺りの空気はまた少しずつ重くなり……。まるで水の中を歩くような、不思議な感覚にとらわれていきました。

＊

ゴウッと大きな魚が千冬の肩をかすめ、泳いでいきました。

危うく転びそうになった千冬の手を、翔がしっかりとにぎります。そうして二人は、夢中でちょびの後を追いかけました。

どれほど、走ったことでしょう。

薄暗がりだった辺りが、突然、一点の光りもないほど真っ暗闇になりました。

そして、次の瞬間。

暗幕をひいたように、辺り一面、星くずの海になったのです。

足下には幾万の星々が輝き、頭上にもまた、美しい星たちが瞬いていました。

そして、さらに驚いたのは、なんとその果てしない銀河の空間に、数え切れないほどの子どもたちが、点々と散らばっていたのです。

子どもたちは、星の絨毯《じゅうたん》の上に、めいめい座り込み、何かに熱中していました。

一人は絵具を使い、夢中で何かを描いていました。

一人は数の羅列《られつ》を一心不乱に、紙に書き続けていました。

一人はただ指を折ったり開いたりして、何かをブツブツとつぶやいていました。

一人は愛おしそうに、お人形の髪をなでていました。

千冬と翔は、突如《とつじょ》、目の前に広がった不思議な世界に、目を見張りました。

やがて翔は、一人だけ、様子の違った少年を見つけます。

「見てごらん。どうやらあの子が、この世界の主《あるじ》らしい」

千冬の耳に、ささやきました。

その少年は美しい白髪で、瞳はエメラルドのような、澄んだ緑色をしています。

手の中には、モービルでしょうか？　月、水星、金星と、太陽系の天体が、ふわりと浮かんでいます。少年は、その天体たちの距離や角度を、分度器のようなものを用いて計っています。そして時折、ふんふんとうなずいて、手元のノートに何かを書き記すのです。

やがて白紙だったノートが、文字や記号でびっしり埋め尽くされると、少年はそのページをやぶいて紙飛行機を折り、スッと無造作に飛ばすのでした。

紙飛行機は、銀河の海をふらふらと飛び、やがて一人の子どもの肩越しに落ちます。

するとその子どもは、紙飛行機を手に取って開き、パッと目を輝かせ、また創作にふけるのでした。

（あ、あの子……）

千冬は目をこすりました。

一人だけ、身体の大きな少年が混じっています。

博物館の玄関先で、ロッキングチェアに揺《ゆ》られ、いつも眠っている少年。野球帽のつばを後ろにかぶり、何かを指折り数えているのは、そう、きっと池くんです。

目をしばたたかせました。

もっと彼の姿をよく見ようと思ったのです。

ところが……。

いつの間にか子どもたちの姿は消え、見渡す限り老人ばかり！

二人はキョロキョロと辺りを見回しました。

エメラルドグリーンの瞳をした少年は、一人そのまま変わりません。今度は巨大な顕微鏡《けんびきょう》で

（驚いたことにそれは望遠鏡ではなく顕微鏡でした！）、モビールの太陽系をのぞいています。

そして、右手でノートに何かを記し、頃合いを見計らって紙飛行機を折ると、フワリと辺りに飛ばすのでした。

ところが妙なことに、傍《そば》に落ちた紙飛行機を、手に取る老人はほとんどいません。

多くは腕をくみ、眉間《みけん》にしわを寄せて考えあぐね、傍《そば》に落ちた紙飛行機に目もくれません。

たまに気づく者もいましたが、怪訝《けげん》そうにつまんで首をかしげ、よごれた靴下でも拾ったみたいに、ポイッと捨ててしまいます。

翔は目をつむりました。

かすかな記憶の、その先に、ひっかかるものがあるのです。

いつだったか、この場所を訪れたことがあるような、そんな気がしてならないのです。

光流の手がかりを見つけようと、ギリシャ神話を読み始めた頃。

昼も夜もなく、そこにつづられた神々の物語に没頭しました。

そして翔は、小さな、ほんの小さな違和感を覚えたのです。

――神話の中には、「本当」の占星術が隠されている。

一言で言うと翔は、そんなひらめきを持ったのでした。

けれどすぐに頭《かぶり》を振って、（本当の占星術？　じゃあ、今までの西洋占星術は『本当』じゃないって言うのか？　バカげてる。何千年も歴史のある学問を、このオレが否定するなんて……）と、打ち消しました。

ちょうど、傍《かたわ》らに落ちた紙飛行機をつまんで、「とるに足らない」といった様子で、ポイッと捨ててしまった老人のように……。

翔は、ジリッと手の平が汗ばむのを感じました。

なんだか、とんでもないことを思い出そうとしている。そう感じたのです。

翔はエメラルドグリーンの瞳をした少年が、きっとすべてを知っていると思いました。

彼に近づき、話しかけたいと感じますが、その一歩を踏み出せません。

星々の絨毯《じゅうたん》に腰を下ろした利発そうな少年は、近くに見えて、果てしなく彼方に、座っているように思うのでした。

14・ウラヌスの紙飛行機

千冬が言いました。

「ねえ。あの男の子はもしかして、ウラヌスじゃないかしら？　だってほら！　まるで、銀河の衣をまとっているよう！」

ウラヌスとは、ギリシャ神話の天空の神です。

初めにこの大宇宙を統《す》べた神。その巨体には、いつも銀河をまとっていると言われています。同時にその名は、天に輝く天王星《てんのうせい》の称号でもあるのですね。

翔は思わず、ひざを打ちました。

「そうかもしれない。昔、西洋占星術を学び始めたばかりの頃。オレは月や水星、太陽と対話したことがあるんだ！」

「月や太陽と？」

千冬は目を見張りました。

（メルヘンチックな人）そうおかしく思う一方で、（なんてステキな体験だろう！）と、感じたのです。

翔はうなずいて、言葉を続けました。

「彼らはめいめい、『大切なこと』を持っていて、そいつをオレに教えてくれた。彼らは古代の叡智《えいち》の代弁者だったけれど。

今、思えば……。同時にオレの、オレ自身の魂《たましい》の、代弁者でもあったんだ。

西洋占星術を知って、日々、自分の星を使ううち、オレはいつか、トランスサタニアンの星々に、天王星《てんのうせい》や海王星《かいおうせい》、中でも冥王星《めいおうせい》に、会ってみたいと思うようになったんだ」

千冬はにっこりと微笑みました。

「じゃあ今日、夢が一つ叶ったね。あの子にいろいろ尋ねてみたらいいじゃない」

翔はうなずいて、手の中の宇宙を観察する美しい少年を、ジッと見つめました。

すると、伏し目がちだった少年が顔をあげ、こちらに目を向けたのです。

翔はドキリとして、澄んだ瞳を見返しました。

少年は、小さく笑ったように見えました。

そして、積み上げられた紙の束から一枚を引き抜き、例のごとく飛行機を折ると、スッと空《くう》に放ったのです。

飛行機はゆらゆらと漂《ただよ》いながら、やがて二人の足元に落ちました。

拾い上げ、開いてみると、そこには不思議な問いが記されていました。

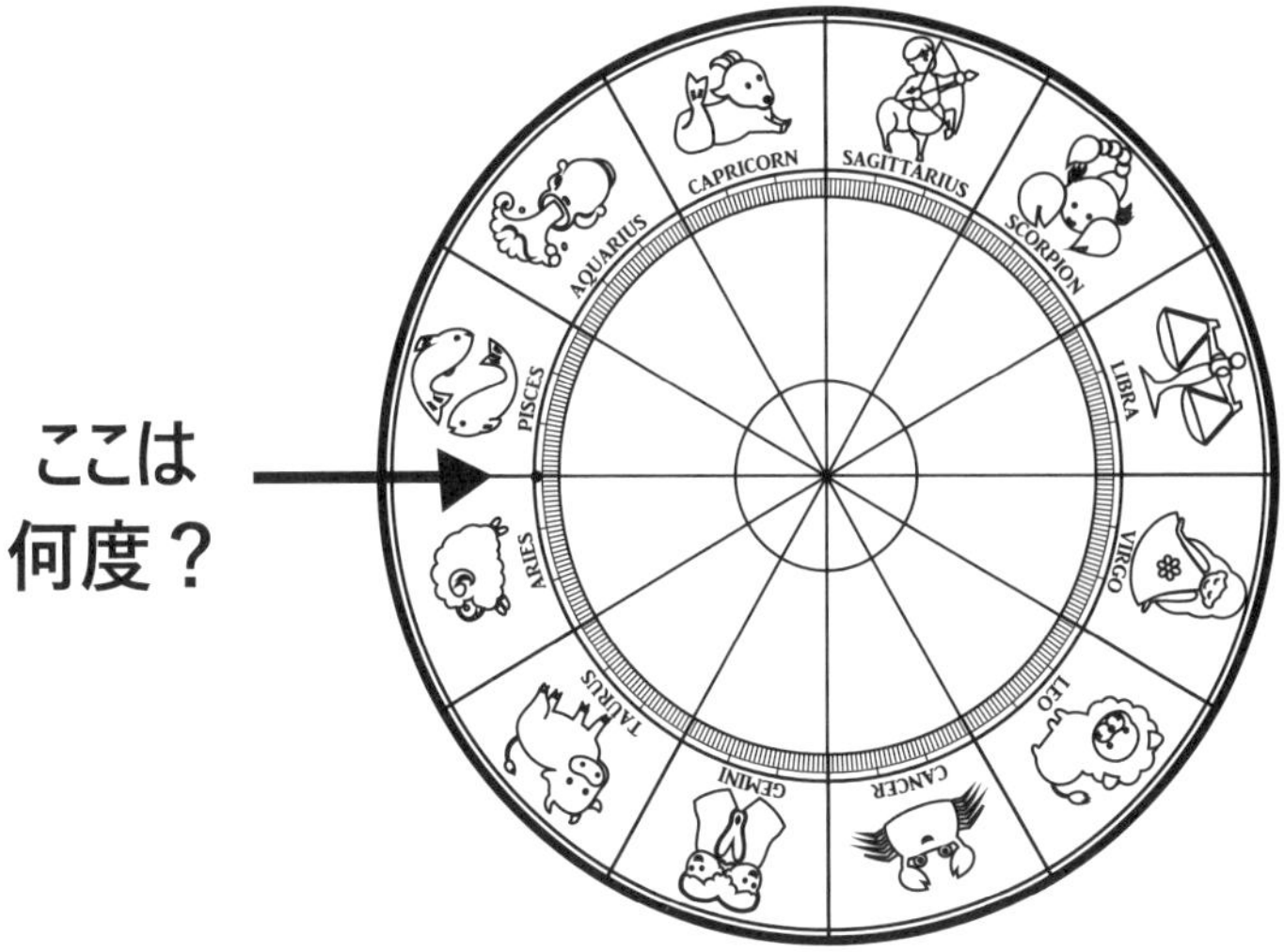

翔は首をかしげます。

「牡羊座の始まりの点だから……。０度に決まってる。

どうしてこんな、わかり切ったこと聞くんだろ？」

「えっ！」

千冬は驚いて、小さく声をあげました。

「どうしたの？」

「うん。わたし西洋占星術ってよく知らないけど。

あのタペストリーをいつも見ていて、魚座が最後の星座だったから」

「だったから？」

「ここは３６０度だって思ったの」

「あ……」

翔は再び図に目を落としました。

言われてみれば、この点はいったい何度なのでしょう？　０度とも言えるし、３６０度とも言えます。どちらも間違いではありません。

「きゃんっ！」

突然、傍《そば》で大人しく座っていたちょびが鳴き、口に加えた紙を二人の足元に落としました。

そうでした。

ちょびと一緒に、風に運ばれ、やってきた紙飛行機。これこそが、ウラヌスからの最初のメッセージでした。

高鳴る胸の鼓動《こどう》を抑《おさ》えながら紙を開き、目を走らせます。さっきは気づかなかったメッセージが、きっと読み取れるに違いありません。

「二つの０《ゼロ》……？」

千冬がつぶやきました。

インドに在《あ》る二つの０《ゼロ》

充満《じゅうまん》	無《む》
雲	空《そら》
卵	精子

「0が初めて発見されたのは、たしかインドよね。けど、0が二つあるなんて話、初めて聞いたわ」

「大昔のインドでは、そう言われていたのかな」

翔はもう一度念入りに、紙に目を通します。

初めにこの紙飛行機を開いた時から気になっていた、占星術の専門記号。

書かれていることは、わかるのですが、「何を意味するのか」が、わかりません。

「ドラゴンヘッドはプラスの0。ドラゴンテイルはマイナスの0。そんな表記、初めて見たぞ」

「ねえ、『ドラゴンヘッド』ってなに？　どんな意味があるの？」

もどかしそうに、千冬が尋ねます。

「ああ。これは占星術の記号で、月の通り道の白道《はくどう》と、太陽の通り道の黄道《こうどう》の、交点のことなんだ」

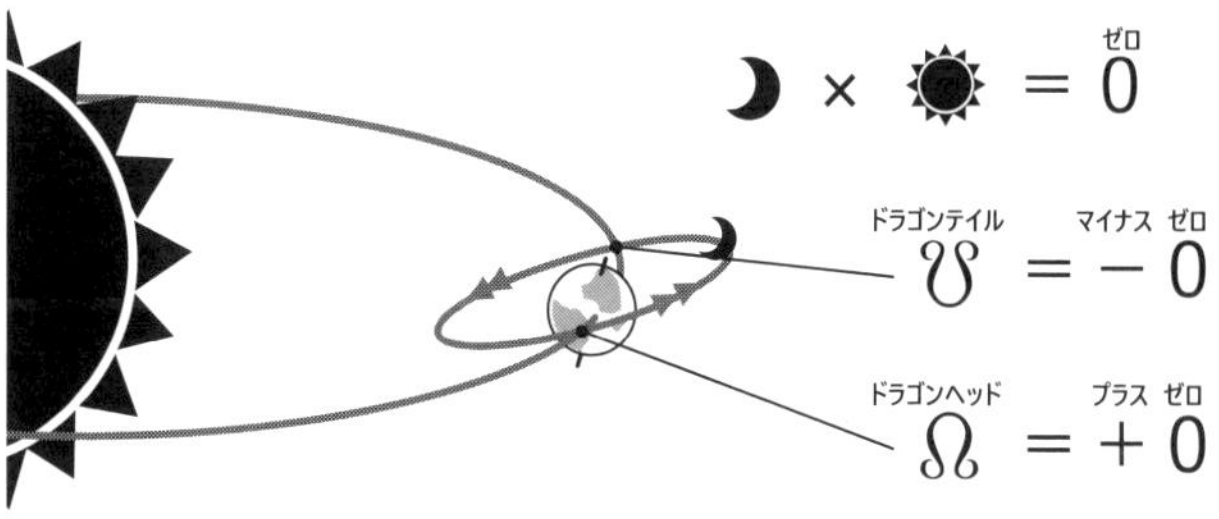

「月と太陽の、交点？」

「そう。地球の周囲を周っている月。こいつが昇って太陽の軌道と重なる点がドラゴンヘッド。降《くだ》って重なる点が、ドラゴンテイル」

図を指さして、説明します。

「これも10の天体と同じように、生まれた瞬間の星の配置図《ネータルチャート》に記されてるの？」

「ああ。そうだな、前に君にあげた本、持ってるかい？」

言われて千冬は、背負っていたリュックを下ろすと、例の本を取り出しました。

翔はさっそく、自分の出生図《ネータルチャート》が記されたページを開き、ドラゴンヘッドのマークを書き加えます。

「たとえば、オレの場合ならここ。牡牛座の11度にドラゴンヘッドがある。そして、ドラゴンテイルはその真向い。さそり座の11度にあるんだ」

「この二つの場所も、なにか意味があるの？」

「もちろん。月には『すでに肉体が知っているもの』『当たり前に身についているもの』と言う意味がある。

『過去世《かこせ》でやってきたことが、月からわかる』なんて説もあるんだ」

「へえ……」

「対して、太陽は『なりたい自分』。月と対比させるなら、『今世《こんせ》、チャレンジする自分』と言えば、わかりやすい。そして実は、ドラゴンテイルとドラゴンヘッドも『過去世』と『今世』ってテーマを持っているんだ」

「占星術って、そんなことまでわかっちゃうんだ」

「まあ、ぶっちゃけ解釈はいろいろある。ドラゴンヘッドとドラゴンテイルはもともとインド占星術から来てるんだが……。

俗《ぞく》に言う、過去世の業《ごう》、いわゆる『カルマ』にも関係がある」

「カルマ……？」

と、つぶやいた千冬の表情に曇りを感じ、翔はチラリと少女に目をやりました。

白く透明な肌は青みをおび、心なしか苦し気に見えます。

その様子に気づかないフリをして、翔はおどけて言いました。

「ドラゴンヘッドは龍の頭！

だから、『欲しいもの、すべてを食い尽くす！』グアオッ！」

両の手首を龍の口のように合わせ、千冬の顔の前に広げてみせます。

千冬は笑って、「その人が、強く求めるものを表すってこと？」と尋ねました。

「まあね。『過去世で積んだ徳を、今世でたっぷりいただきますよ』って感じかな。

ドラゴンヘッドは『今世での才能のありか』とか、その恩恵を貪《むさぼ》ろうとする『限りを知らない強欲さ』を意味する。

そして、ドラゴンテイルは過去世に受けた恩を表し、『精神性や純粋性、利他《りた》性』を象徴する。

お陰で『手にした豊かさを、突然手放す』なんて意味もあるんだな」

「なんだかどっちも嬉しくない……」

「まあ、インドの賢者《けんじゃ》たちは、過去世からの業《ごう》を今世で償《つぐな》い、今世の業を来世で償う、そう考えた。

けどオレは、どうにもその発想が好きじゃない。

過去世の業だの、恩だの徳だの、そいつに、むやみにとらわれる必要はないんだよ」

「そうなんだ」

なぜだかホッとしたように、千冬は顔をあげました。

翔は微笑み、優しくうなずいてみせます。

(やれやれ。昔の賢者のじいさんたちは、つくづく人間を苦行の中に落としたいらしい。徳を積めばエゴになり、恩を受ければ次の世で、豊かさを差し出すと予見する。

だから古い占星術は嫌いなんだ)

「どうしたの?」

顔を覗《のぞ》き込む千冬に、「ん。なんでもない。心の中でヤサぐれてた。千冬、ちょっと時間をくれるか? オレ、なにかがわかりそう」と答えて本を閉じ、ウラヌスの紙飛行機に目を向けました。

(ウラヌスは……天王星は、きっとそんな話をしたいんじゃない)

そう考え眺めるうちに、今度はぎっしりと並んだ図解や数式とは異質な、短い詩が目に飛び込んできます。

「すべてを持った」と
うそぶく者は
我が家の外にひろがる
万物に気づくだろう。

「すべてを失った」と
嘆《なげ》く者は
万物すべてが手の中に在《あ》ると
気づくだろう。

「在る」とは「無い」を知ること。
「無い」とは「在る」を知ることだ。

月と太陽をあおいで
自分の肉体だけをまとって、
そんな真実に、今気づいた。

街角の一人の乞食《こつじき》の唄

（街角の……一人の乞食《こつじき》の唄）

めまいがしました。

財産も地位もすべて失い、家族も失い、なにもかも失って、絶望のただ中にいる男。

この男を、どこかで知っていると感じたのです。

汚れた素足で街灯《がいとう》の下に立つ男。

けれどもその足元に広がった、大地に続くすべての世界が、自分のものと感じた恍惚《こうこつ》感。

（この街角の乞食《こつじき》は、オレだ）

翔は震えました。

これまでも幾度か、今、この世に生《せい》を受ける以前、あるいは遥《はる》か先の未来でしょうか。いつかどこかで生きていた、別の自分を感じたことは、あるのです。

なにせ人々の月の声を聞き、その周りをうろつく名なき者の存在まで感じるのですから。時を超え、彼方に続く生《せい》の時間を感じとっても不思議ではありません。

だから翔は、すでに見聞きしたことのあるような、独特の感覚に気づいても、別段、驚きはしませんでした。

それよりも翔は、自分に舞い降りたひらめきに、おののいたのです。

（ウラヌスが言いたいのは、二つの０の存在だ。

３６０度と言う『充満』の世界。

０度と言う『無』の世界。

これらはいずれも、『０』なんだ。

ドラゴンヘッドは際限を知らず、ふくれ続ける『充満の０』。

ドラゴンテイルは物や人、現世《うつしよ》のものを限りなく手放す、『無の０』を象徴する。

オレがいつかどこかの人生で知った、絶望と恍惚《こうこつ》も。この二つの０をリアルに感じた体験にすぎない。

と、言うことは……）

――『本当』の占星術には、二つの0が存在する

翔はつぶやきました。

その時です。

どこからともなく、のびやかで優しい歌声が聞こえてきたのです。

15・翔、神と見まごう天体に問いをぶつける

トカトントントン……ギイーバッタン

トカトントントン……ギイーバッタン

へびつかい座の名のもとに
つどい唄う者たちよ。

魚座と牡羊座を
むすぶとき。
命まぐわう
永遠《とわ》がはじまる。

しかめっ面をし
学ぶことなど一つもない。

ただ思い出せ。
唯一無二《ゆいいつむに》の
お前のダンスを。

古い痛みも
天の光も
今ここに集めてごらん。

お前のハートは
聖なる小部屋。
お前だけの
小さな宇宙。

さあ、思い出せ。
唯一無二の
お前のダンスを。

「あっ、あれ！」

突然、千冬が大きく反り返り、天を指さしました。

なんと言うことでしょう。

今まで、ウラヌスたちに気を取られていましたが、見上げれば山のように大きな女が、これまた巨大な織り機《おき》に向かい、この銀河を織っているではありませんか！

トカトントントン……ギイーバッタン
トカトントントン……ギイーバッタン

女は楽しそうに唄いながら、縦糸《たていと》と横糸を合わせていきます。

本当なら、織りあがった布は織り機の筒に巻かれていくのでしょうが、いったいどんな仕組みでしょう？　巻き取られた布は、どうやら翔と千冬がたたずむ、この銀河となって広がって行くのでした。

（ネプチューン……！　海王星だ！）

翔は興奮《こうふん》のあまり、女の姿をよく見ようと、のけぞりました。

白雪のようなほお。唇はふっくらと厚みがあり、夕日に染まる海のような温もりをたたえています。深遠な瞳を包むまぶたは、たそがれ時の空のように、神秘的なグラデーションにふちどられています。

それはまあ、なんと妖艶《ようえん》な美しさでしょう!

女はやがて機織《はたお》りの手を止め、小さな二人に目を落としました。

「おやおや。ウラヌスの紙飛行機に飽き足らず、わたしの処までやってくるとは……。なんと怖いもの知らずの客人だろう」

愉快《ゆかい》そうに、そんなことを言うのです。

ネプチューンは、懐《ふところ》から銀ねずの細い煙管《きせる》を取り出し、口にくわえて火を点けました。そしてゆっくりと大きく、青い煙を吐き出します。

目を細め、煙の向こう、二人の間にちょこんと座る、ちょびの姿に目を留めました。

「誰かと思えば、お前は近頃、星座神話にまぎれ込んだ、小さな迷子の分け御霊《みたま》じゃないか。そろそろ天に還らねば、どれほど無垢《むく》な魂《たましい》も名なき者と溶け合って、やがては戻れなくなるぞ」

ちょびは耳をピンとたて、かのネプチューンに物申すように、きゃんっと吠えてみせます。

翔は慌ててちょびの背中をなでつけると、天に向かって叫ぼうとしましたが、身体はこわばり、咳払《せきばら》い一つできません。

(ネプチューン! それはどういうことでしょう!このちょびが名なき者と溶け合うなんて……)

女は分厚い唇の間から、ふぅーっと煙を吐き出すと、「ちょうどいい。そろそろ一休みしたいと思っていたところだ。かわいい客人と一緒なら、楽しいティータイムになるだろう」そう言って、巨大な盃《さかずき》を取り出しました。

「さて、今日はなんの美酒をいただこうか……」

独りごち、ウラヌスが遊ぶ太陽系のモビールから、ひょいと月をつまんで取り出します。それをグラスに転がし入れると、月はシュワッとグリーンの泡をたて、底に沈んでいきました。

気づけば翔と千冬の傍《かたわ》らには、木造りの丸テーブルが置かれ、よく磨《みが》き上げられたグラスが二つ、並んでいます。

ネプチューンは、月がたゆたう大きな盃《さかずき》を傾《かたむ》けると、テーブルの上のグラスにポタリと一滴ずつ注いでやりました。

「飲みなさい。心のままに語ることができるだろう」

はやる気持ちを抑えながら、翔はゆっくりと月のお酒を飲み干します。

千冬もグラスに手を伸ばしますが……。

一口含むと、まるで乳をたらふく吸った赤子のように、ひざを抱えて丸くなりました。

翔は、背負ったままのリュックをはずしてやると、少女の頭の下に敷き、横たわらせてやりました。

立ち上がって、今度は背筋を伸ばし、天に向かって声をあげます。

「たった今、あなたは、こう仰いました。

ちょびの無垢《むく》な魂が、いつかは名なき者たちと溶け合ってしまうと。

こいつはぼくを心配して残っているだけなのに。どうしたらそいつを止めることができるでしょう？」

ネプチューンは豊かなまつ毛をしばたたかせると、大きな身体をゆすって笑いました。

「これは驚いた。お前の言葉に、すでに答えはあるじゃないか！」

「え？」

翔はとまどい、先ほど叫んだ言葉を心の中でくり返します。

（ちょびが名なき者と溶け合ってしまう。こいつはぼくを……心配しているだけなのに）

ネプチューンは、おだやかに翔の様子をうかがっていましたが、やがて口を開きました。

「自分の肉体が滅んだならば、天へと還る。

その理《ことわり》を知っている聡明な魂《たましい》が、それでもこの地球を離れない理由はいったいなんだ」

（そうか。ちょびが残っている理由はオレなんだ。オレのことを心配して……）

「命ある者と命失った者。この世とあの世は本当におもしろい。

見るがいい。このいじらしい魂は、お前の月そのものじゃないか。

愛らしく純粋で、主《あるじ》の幸せを願っている。

この犬の魂は、お前の内なる月と共鳴し、あの世の入り口でもまだ、お前の鏡としてあり続ける。

めぐる命の理《ことわり》を知りながら、それでも地上に残る霊魂《れいこん》がいたならば。

お前がその魂のためにできることはただ一つ。

自身の内側に取り残した月、すなわち心の声に耳を澄ますこと。

そうしてお前を案ずる魂が、軽やかに天へと還れるよう、解き放ってやることだ」

「ネプチューン！」

翔はまた、声を張り上げました。

「ちょびが、ぼくのためにここに残ったと言うなら、きっとそうなのでしょう。

このままこいつが、この世界に居続けたなら、しまいに名なき者と溶け合って、闇をさまよい続けるのも本当でしょう！

けれど、じゃあぼくは、どうしたらいいのでしょうか……。

ネプチューン。

あなたにずっと、会いたいと願ってきました。あなたに会って、尋ねたかった。

なぜ……、なぜこの世界には、名なき者がいるのでしょう？

ぼくら人間は弱い。

誰かに嫉妬《しっと》し、誰かと比べ、時に自分を愛することを忘れてしまう。

その痛みの感情に、彼らは容赦《ようしゃ》なく忍び寄ります。

どれほど多くの人々が、自分の弱さに食らいつく名なき者たちと、約束を交わしてしまったことでしょう。どれほど多くの人々が、奴らの誘惑《ゆうわく》に負け、自分を見失ったことでしょう。

世界中の紛争や暴力の背後に、彼らがいるのはあきらかです。

なぜあなたは、彼らの存在をゆるし続けるのですか？

ネプチューン。

あなたが司るものは、『受容する力』です。誰も切り捨てず、何一つしりぞけず、世界のあらゆるものたちを、ゆるし受け入れる力です。

けれどぼくはどうしても、この世界を受け入れることができません。

名なき者たちを、彼らに惑わされる人々を、ゆるすことができません！」

翔は言葉を切って涙をぬぐい、自分の胸を、こぶしで力いっぱい叩きました。

「ぼくのここには……！

出生図《ネータルチャート》と言う小さな宇宙があります。そこに並んだ天体たちは、すなわちぼくの力でしょう。

そこにはもちろん、海王星、あなたもいる！

けれどぼくは……。どれほど自分の星を使おうと努めても、未《いま》だ、あなたを使うことができないでいるんだ」

あらんかぎりの声で訴えると、翔はひざを折って両手をつき、突っぷして泣きました。

ちょびがくうんと鼻を鳴らし、肩にすり寄ります。

山のように大きな女は、まるでのどかに唄うように、翔に語りかけました。

「星の叡智《えいち》を知る者よ。

わたしの愛おしい息子。何をそう、涙することがある。

お前は内なる星々と向き合うことを恐れない、この上なく美しい勇者ではないか。

お前が『信じない』と叫ぼうと、わたしはお前を信じよう。

お前の瞳に映るその世界は、やがて愛おしさで満ち満ちるだろう。

その力を、このわたしは信じよう」

そう言って、ネプチューンはグラスを傾《かたむ》け、月のお酒を飲み干しました。煙管《きせる》の灰をトンと落とし、大きな身体を向き直らせて、機織《はたお》り機《き》に手を伸ばします。

翔はその気配にハッとして、立ち上がりました。

「待ってください！　ネプチューン！　ぼくの問いは終わっていません！」

答えらしい答えが返ってくるとは思えませんでした。

それでも翔は、もうずっと心の奥に秘めていた、誰にも言えない深い問いを、吐き出さずにはいられませんでした。

海王星ならこの思いを、翔の問いの本当の意味を、理解してくれると知っていたからです。

「あなたは、ゆるしの天体だ。善も悪も、ただあるがままをゆるし続ける。

海王星とはまるで……神そのものでしょう。

ぼくはずっと不思議だったのです。

星を使って生きる者として、どうしてもわからなかった。それが、あなたのその向こうに鎮座《ちんざ》する、冥王星《めいおうせい》と言う天体でした。

神そのものとも言えるあなたの存在。その背後に、なぜもう一つ、天体があるのでしょうか？

冥王星は、その時代に生きる人々の『闇』を表すと言われます。

一つの世代が、潜在意識《せんざいいしき》の奥深くに隠《かく》し持つ、あらがうことのできない巨大な闇を。

けれど……。

10の天体の最後に君臨《くんりん》するものは、あなたであるべきでしょう？

善も悪も、ただあるがままをゆるし、裁《さば》きも褒美《ほうび》も与えない、あなたであるべきなんだ……」

声は次第に小さくなって、最後は弱々しく消えいると、翔は銀河の底に座り込みました。

そして少しずつ、心が軽くなっていくのを感じたのです。

大きな女は、ただ深いまなざしで翔を見守っています。何かを語ってくれる様子は、みじんもありません。

それでも翔は、神と見まごう宇宙の星に、ありったけの思いを伝えられたことが嬉しいのでした。

やがて答えを待つことを、翔がまったくあきらめた時。ネプチューンが言いました。

「つなぐことさ」

「え、……」

顔をあげます。

思いもよらないその答えに、耳を疑いました。

大きな女はうなずいて、言葉を続けました。

「始まりと終わり。夢と現《うつつ》。闇と光。決して交わらぬと思えたものを。相反する二つをつなぐこと」

心に刻み込むように、女の言葉をくり返します。

ネプチューンは満足したように微笑むと、横糸が巻かれた、果てしなく長いシャットルをにぎりなおしました。

「そろそろ仕事に戻らねば。

その娘とは、話しそびれてしまったな。またいつか、会うこともあるだろう」

そう言って、横たわる少女に目を落とします。

翔は背中に千冬を背負って、立ち上がりました。

「帰りは決して振り返ってはならぬ。そして、恐れからの問いは手放すことだ」

ネプチューンの言葉に、肩越しにうなずいて、翔は歩き始めました。
闇は次第に濃さを増し、やがて背中の向こうの銀河から、神のふくよかな歌声が聞こえてきました。

へびつかい座の名のもとに
つどい唄う者たちよ。

魚座と牡羊座を
むすぶとき。
命まぐわう
永遠《とわ》がはじまる。

しかめっ面をし
学ぶことなど一つもない。

ただ思い出せ。
唯一《ゆいいつ》無二《むに》の
お前のダンスを。

古い痛みも
天の光も
今ここに集めてごらん。

お前のハートは
聖なる小部屋。
お前だけの
小さな宇宙。

さあ、　思い出せ。
唯一無二の　お前のダンスを。

16・名なき者の誘惑《ゆうわく》

銀河の生まれる場所を後にして、もと来た道を戻って行くと、千冬の身体は次第に重くなり、肩にのしかかりました。

海中深くを歩いているような、まとわりつく空気。

そろそろ神話の世界を離れて、大地へ戻らなければなりません。

ハアハアと息を切らしながら、翔は道を急ぎました。

（せっかく、天王星や海王星に会えたのに。聞きそびれてしまったな）

息苦しさの中、ぼんやりと考えます。

（光流は……。6年前にオレが車でひいてしまった光流の魂は、無事、肉体に戻るのだろうか）

命の輪廻《りんね》を知る海王星なら、きっと答えを知っていたでしょう。

翔は、なぜ聞かなかったのだろうと、次第に少しずつ、後悔に包まれていきました。

ふと、子犬のちょびが気にかかります。ちゃんと後をついてきているでしょうか。

後ろに目をやろうとして、

——帰りは決して振り返ってはならぬ。そして、恐れからの問いは手放すことだ。


ネプチューンの言葉がよぎりました。

手の甲《こう》で額《ひたい》の汗をぬぐいます。

(ちょびはオレよりこの世界が長いんだ。大丈夫)

そう言い聞かせ、歩を進めました。

ふいに、耳元で誰かの笑う声が聞こえたように思い、足を止めました。

「やれやれ。お前ときたら、なんてバカ正直なんだ。

オレはお前の一番知りたかったその問いが、ちゃんと聞こえていたぜ。

むろん、あのでかい女も、澄ましこんだウラヌスのガキも、本当はお前が何を知りたいのか、ちゃーんと聞こえていたとも。

ただ無慈悲《むじひ》な奴らは、答えをお前に、与えなかっただけのこと」

名なき者。

事故を起こしたあの晩、死へと誘なった者とはまた別の、野蛮《やばん》な口調の男のようです。

翔は意識を向けぬよう気をつけながら、先を急ぎました。

「なあ、おい、聞けよ。

オレはあの、でかい機織り女が持っている、あらゆる知恵を盗み見たぞ。

そこにはお前が気に病んで仕方ない、光流の魂の行く末もあったんだ。

お前はそいつを知りたいんだろう？

言っておくが、オレはここでウソなんてつかないぜ？　賢い詐欺師《さぎし》は9割がた真実を伝えるものだ。

まさにまさに！　なにせ奴らを仕込んでいるのは、このオレ様だからな。

どのみち、オレたちの存在を知るお前だ。10に1度の嘘《うそ》を見破るくらい、ワケないだろう？

オレからすりゃ、光流の魂の行く末など、とるに足らぬこと。

こいつに限っちゃ真実を教えたところで痛みもねえ。

さあ、今はこのオレを上手いこと利用して、お前の一番知りたいことを、聞き出してみりゃいいじゃねえか」

翔の歩みは次第に遅くなり、つい、名なき者の声に耳を傾《かたむ》けてしまいます。

それでもぐっと、ただ前を見つめました。

（こいつらの言うことなんて、当てにならない）

心の中でつぶやきます。

名なき者は、さらに追い打ちをかけるよう、ささやきました。

「いいか、若いの。このオレの存在にかけて誓《ちか》う。今日ここじゃ、お前に真実を教えてやる」

（存在にかけてだって？）

約束の効力を知っている名なき者が、自らの存在をかけて誓うと言うのです。もしかしたら本当に、光流の魂の行く末を知っているのでしょうか。

首を振りました。

これ以上この場所に止まっていては、千冬の身にもよくないでしょう。

そう自分に言い聞かせ、必死で道を急ぎます。

名なき者は、チェッと舌打ちをし、あきらめた様子で翔の後ろ姿を見送りました。狐のような三角の耳をピクリと動かし、背中で眠っている千冬に目をやります。

「強情な野郎だぜ。

もうすぐ土に還《かえ》っちまう、抜けがらみたいな肉体《おんな》を、大事そうに運びやがって……」

翔は立ち止まりました。

思わず、首を横に向け、「なんだって?」と問い返します。

名なき者は、したりとばかり、声を張り上げました。

「やっと答えてくれたな! 若いの。応じてくれた礼に教えてやろう。

光流の魂、お前が6年前に車でひいちまった、あの女の魂は、いくら待ったって目覚めやしない」

ギクリとします。

心臓が早鐘を打ち、身体はこわばって足を前に出すことができません。

たまりかね、思わず振り返ろうとした翔の背に、男が勝ち誇ったように言い放ちました。

「あの魂は、あと半月もすりゃ、天に還ると決まっている!」

17・千冬の夢

銀河の絨毯《じゅうたん》に横たわり、青年と海王星のやりとりを、千冬は聞くともなしに聞いていました。

――この世でもっとも聡明《そうめい》な人は、美しい問いを持つ人よ。

いつだったか、お母さんが言っていた言葉を思い出します。
（どうして、わたしはこの人を、名なき者だなんて思ったんだろ）
ハアハアと闇を切る、小さな息。おぶさった背中から感じられる、青年のぬくもり。
夢うつつの中で、千冬は海王星の言葉を思い出していました。

――めぐる命の理《ことわり》を知りながら、それでも地上に残る霊魂《れいこん》がいたならば……

ふゆの姿がまぶたの裏に浮かびます。
あの愛らしい少女もまた、誰かを案じてこの大地に残っているのでしょうか。
辺りはうっすらと、白く光をおびていきます。
気づけば千冬は、いつしか別の夢の中にいるようでした。
もう今では見かけなくなった、たっぷりとした豊かな川。

川面に並ぶ岩の上を、幼い千冬が白いワンピースを着て、跳《は》ねています。

（ああ、いつもの夢だ）

息が浅くなります。

いつ頃からか、たびたび見る夢。

異国の街角を歩く子どもであったり、林道を行く嫁入り姿であったりと、舞台はさまざまなのですが、必ずこの後……。

ドンッっと、千冬の背中を押す、黒い手。

小さな身体はよろめいて、川の中へと転げ落ちて行きました。

＊

目を覚ましました。

全身、汗びっしょりです。

今まで感じたことのない強い恐れが、千冬の内側を支配していました。

（今、わたし……）

木漏れ日《こもれび》がチラチラとほおをなで、思わず辺りを見回しました。

芝の上。

見慣れた博物館の建物が、庭園を区切るように影を作っています。

夜が明けたばかりなのでしょう。セミの声は建物の背後の森から、かすかに届くばかりです。

傍《そば》に、黒いハンチング帽をかぶった翔が腰を下ろし、ぼんやりとしています。

その瞳は、暗く沈んでいるように見えました。

千冬が起き上がります。

翔は、目覚めた千冬に気がついて、「おはよう」と声をかけました。

「あなたがここまで運んでくれたの？」

「まあね。

途中、いいかげんこの重い荷物を放って帰ろうかと思ったけど。

さすがに耳元で寝息立ててる人を置いて行けないし。がらにもなく頑張った」

そう、片目をつむってみせます。

そして、懐《ふところ》から小さなボトルを取り出すと、「飲みかけだけど、やるよ。汗びっしょりだ」と、
差し出しました。

「いいよ。あなただって困るでしょ？」

「オレはもう一本、持ってるから。このまま歩いて帰ったら倒れちまうぞ」

言われて千冬は小さくうなずき、手を伸ばします。

ボトルを受け取り、一口一口をたしかめるように、コクンコクンと飲みました。

少女の白い喉をぼんやりと眺めながら、翔が言いました。

「あんたがいなきゃ、振り返っていたかもしれないな」

「えっ……」

聞き返すように目を向けます。

その瞳には応えず、翔は勢いよく立ち上がりました。

「さて、オレはもう行くよ。この後、約束があるんだ」

そう言い残すと、振り返りもしないで、白光りする石畳の向こうへと消えていきました。

＊

本当を言うと、千冬はもっと彼と話したかったのです。

ところどころ聞こえてきた、ネプチューンとの対話。ウラヌスの紙飛行機に記された、記号や文字の謎について。広い背中に負ぶわれながら聞こえてきた、名なき者との会話。

そのあと続いた、恐ろしい夢……。

けれど青年は、まるで千冬を避《さ》けるように、あっという間に立ち去ってしまいました。

取り残されたような気持ちがして、目をつむります。

悲しくて涙が止まらない時、いつも思ったものです。

身体はこんなにも水を求めているのに、どうして涙は抑《おさ》えることができないのでしょう。

ハンカチを取り出そうと、リュックサックのポケットをまさぐりました。

カサッと手に触れるもの。

引っ張り出してみるとそれは、例のウラヌスの紙飛行機でした。

(あの人に、渡しそびれちゃった)

あわてて涙をぬぐい、大通りへ駆《か》けだします。

今日も暑い日となるのでしょう。

早朝だと言うのに、往来は思いの外、多くの人が行き交っていました。

背伸びをし、人込みの向こうを探しますが、黒いハンチング帽は見当たりません。

千冬はあきらめて、肩にかけていたリュックサックを背負いなおしました。

気づけば身体はぐったりと重く、家までのわずかな道のりが、ひどく遠くに感じるのでした。

18・三沢先生と青

白壁が続く細長い廊下を曲がると、開かれた扉の前に立つ、大きな男の姿が見えました。

翔は叫んで、駆《か》け寄ります。

「三沢先生！」

男は顔をくちゃくちゃにして喜ぶと、「おお、こっちだ、こっちだ！」と、手を振りました。

男の脚《あし》は、片方が義足《ぎそく》のようです。

けれど、あぶなげな様子はなく、両の脚は、まるで大地に根づくように、しっかりと立っているように見えました。

よく日焼けし、しわの刻まれた大きな顔。厚みのある太い腕は、力がみなぎっているように見えます。

翔は男の前までやってくると、「展覧会、おめでとうございます」と、嬉しそうに言いました。

＊

広々とした館内のソファに、翔と三沢先生は二人、腰をかけました。

天窓からは太陽の光りが差し込み、漆喰《しっくい》の壁を明るく照らしています。

翔はボトルの水を少し飲み、口を開きました。

「同じ青なのに、何百何千と色があることに圧倒されました。海に潜っているようでした」

先生がうむと、小さくうなずきます。

「青は日本人の色だ。

藍《あい》、紺碧《こんぺき》、紺青《こんじょう》、桔梗《ききょう》、瑠璃《るり》……。絵具にも、数え切れないほどの青色があるだろう？

オレは自分の細胞に刻まれた、豊かな色彩に気づかないで、昔は異国の色に夢中だった。

スペインに渡って、試行錯誤《しこうさくご》して色を出すうち、身体の内側にしまい込まれた、幾千の色を思い出したんだ。

目をつむると、生まれ育った故郷の青で、目玉が湿るように思った。

変なたとえだけれど、本当にそう思ったんだ。

朝もやに包まれた山々。裏の神社の苔《こけ》むした庭。母親の、使い込んだ藍の前掛け。

思い返せば、もう見るのもウンザリだった鉄くずの山の中にも、そこにしかない青があった」

翔は目をつむりました。

三沢先生の故郷を、一緒に見たいと思ったのです。

けれど、まぶたの裏に広がったのは、果てしなく続く銀河の海なのでした。


――あの女の魂は、いくら待ったって目覚めやしない。


闇の中に聞こえた、名なき者の声。

思わず涙がこぼれ落ちます。

「どうした」

三沢先生はさして驚いた様子もなく、静かに尋ねました。

「……ずっと待っていた人が、亡くなるかもしれません。

それに、出会ったばかりの友達も」

「お前が車でひいちまった、あの娘《こ》だな」

世界中で、50度を上回る夏が訪れるようになり、今や人の死はずいぶん身近なものとなりました。

多くの人々が水不足で倒れ、伝染病にかかり、子どもや老人、気力のない者から天に召されていったのです。

三沢先生は、もう幾人もの死者を見送った老人のように、おだやかにうなずきました。

「ぼくはずっと、こうなることを恐れていたように思います。

ぼくを助けてくれた、あの少女。まだ年若い、未来のある女の子。

彼女だけは死なせちゃいけないと。でも……」

翔はフッと笑って言葉を切ると、「そんな綺麗《きれい》な話じゃ、なかったのかもしれない」と、言いました。

「ぼくが怖かったのは、取り返しのつかない罪を、自分が犯してしまうことだったのかもしれません」

そこまで言うと、翔は両手で顔を覆《おお》い、声を殺して泣きました。

「なあ、翔よ。取り返しのつかない罪とは、いったいなんだ。

お前は自分を、どうしてそんなに罰《ばっ》したがる？」

言葉の意味よりも、先生の声が温かで、涙があふれます。

行き交うわずかな人々は、青の絵画に心を打たれたばかりのせいでしょうか？　青年の涙を気にする様子はありません。

先生は、大きな手で翔の背中をくり返し、さすってやるのでした。

しばし経って、三沢先生がまた、言いました。

「お前のお父さんが亡くなった日。オレはたまたま日本にいて、通夜《つや》に出た。

あの時のこと、覚えているか？」

翔は少し驚いて、顔をあげます。

「お前はオレにこう言った。

『家族を奪った他人を、どうしたら、ゆるすことができるでしょう』」

ああ、そうでした。

お父さんをひいたのは、二十歳《はたち》そこそこの若者で、飲酒運転が原因だったのです。

当時は、ちょうど気候がはげしく狂い始めた頃。

一日当たりの飲める水が、制限された年でもありました。

多くの人が不安と恐れで、自暴自棄《じぼうじき》になりました。また、水よりアルコールの方が、ずっと安価で手に入るようになったのもこの時期です。だからたくさんの人たちがお酒を飲んで、恐れと乾《かわ》きをしのいだのでした。

お父さんをひいてしまった若者もまた、そんな一人だったのです。

「あの人は、お酒を飲んでいたんです。そんな状態で車を運転したんですよ？ていうか、どうして今、あの時のことを持ち出すんですか？」

咄嗟《とっさ》に、当時の事故を引き合いに出されたと感じて、反発します。

それでも先生に、ためらう様子はありません。

目を細め、言葉を返しました。

「そうだな。どうしてだろう。あの時のことをなぜか今、思い出したんだ。

あの晩、お前に尋ねられて、オレは胸がしめつけられた。

このオレも長い間、身内をゆるすことができなかったが、他人をゆるせないと言うのも、また辛《つら》かろうと思った。

その二つを比べることは難しいが……。

家族への怒りは、愛憎入り混じる分、根が深い。

だが他人への怒りは、憎しみの感情ばかりと向き合うことにもなり得るだろう。少なくとも、お前はそうだったはずだ。

そいつはまるで、突破口《とっぱこう》のない迷路に入りこんじまったようじゃねえか。

自分の内側のどこを探しても、愛情の欠片《かけら》が見当たらないのに、いったいどうやって憎むという苦しみから逃れられるだろう。

そんな風に感じて、お前が、かわいそうでならなかった」

黒雲のように、胸を浸《ひた》していく感情。

(この人は、オレが決して聞きたくないことを言おうとしている)

なんでもいい、なにかを言い返したい衝動《しょうどう》に、かられます。

それでもハートの奥にある、先生への信頼が、その衝動をやっと抑えるのでした。

「なあ、翔よ。お前はいつだったか、オレにこう教えてくれた。

占星術の、最後に並ぶ三つの天体。トランスサタニアンと呼ばれる、神のように荘厳《そうごん》な星々は、時にオレたちに、とんでもない事件をもたらすって。だが、そのどれもが魂《たましい》の求めている、かけがえのない体験なんだって。そいつがトランスサタニアンの、デカい愛なんだってな。

お前のお父さんが亡くなって、そしてお前が一人の少女をひいちまった時。

トランスサタニアンの星々が、オレたちには計り知れない深い体験を、お前にもたらしたんだと思った。

むろん、こいつは常識になぞらえちゃ、とんでもない発想だ。少女の家族には、耐《た》え難いかもしれねえ。

だがオレは、やっぱりお前の友人で、お前が幸せになることを一番に考えた。

オレが誰を愛し、誰の幸せを願おうが、勝手だろう？　それに、頭んなかでいろいろ巡らせるだけなら、誰も傷つけやしねえ。だったら、お前の幸せを第一に、真剣に考えてみようと思ったんだ。

オレはお前のように、占星術を生業《なりわい》にしてるワケじゃねえ。お前から星の知恵を学び、自分の星を使って生きてきた、それだけだ。

そうやって、内なる星の声に耳を澄まし、お前のあの事件を思い返してみても……。どうしても、『ああ、すべては上手くいっている』としか、思えなかったんだ。

そしてその理由が、今日、わかった」

翔は今すぐにでも、この場を立ち去りたいと思いました。

けれど、できませんでした。

耳に届く先生の声の優しさが、翔の心に染み入ったのも、本当でしたから。

三沢先生は、翔の瞳を力強く見つめ、言いました。

「なあ、翔よ。お前は今、こう言った。

『取り返しのつかない罪』を自分は犯してしまうかも、と」

ゴウッと、風がうなりました。

閉じられたはずの天窓は、今日に限って錠前《じょうまえ》が、外れていたのでしょうか。カタカタと窓ガラスを打ち鳴らし、強い風が吹きこみます。

「それが本当なら罪を犯した者たちは、いかように償《つぐな》っても永遠に、ゆるされないというのか？

いいか。よく聞け。

あの人をゆるさないでいるために、『取り返しのつかない罪』という牢獄《ろうごく》に、自分を閉じ込めるのはよせ」

翔は大きく咳《せ》き込んで、ほとんど目がくらむほどでした。

自分の感情だと思っていた、胸の中をうずまく黒雲が、吐く息を通して身体の外へと飛び出します。

「自分自身の幸せのために……」

先生は言いました。
「**今この瞬間。あの人を、ゆるせ**」
涙があふれます。
いつしか行き交う人の姿はなく、部屋には三沢先生と翔だけが、対峙《たいじ》していました。
翔はおいおいと泣きました。
まるで幼子《おさなご》のように泣きました。
小さな美術館の、ある朝のことでした。

19・名なき者への感謝の祈り

青く澄んだ空にはうっすらと、飛行機雲が残っています。
翔は思わず手を合わせました。
空に引かれた一本の白い道から、今朝の出来事を思い出したのです。
(あの時。オレの中から一人の名なき者が抜けていった)

ある人を、永遠にゆるさないと決めてしまった晩から。

あの名なき者は、翔の心、月の傍《そば》に、ずっといたのです。

そしてことあるごとに、翔の中の憎しみを、かきたて続けてきたのでしょう。

天に向かって手を合わせたのは、あの名なき者が無事、心地のよい場所へ戻って欲しいと願ったからでした。

心はいつになくおだやかで、満ち足りていました。

(もしかしたら、ヤツのお陰なのかもしれない)

『憎しみ』をむさぼり食う名なき者の存在が、翔の感情をさらに強く、さらに大きくしていたのは明らかでした。

そして見方を変えれば……。

憎しみ、嘆《なげ》き続ける月の声に、主《あるじ》が耳をふさがぬよう、名なき者もまた、共に叫んでいたように思えたのです。

オレはこんなにも憎んでいると。

絶対にゆるさないと。

（その声を無視し続けたなら、オレはあの人をゆるすことなく、自分自身をもまた、永遠に罰し続けただろう）

重ねた両手をほどくと、ふと、千冬の顔がよぎりました。

（あの子が天に還る運命なら。

閉ざされた月を癒《いや》し、まとわりつく名なき者から自由にしてやらないとな）

翔は空を見上げました。

飛行機雲はいつしか形を失って、澄んだ空に溶けていったようでした。

20・叔母さんとお母さん

叔母《おば》さんの家に戻った千冬は、自室に閉じこもり、そのまま寝込んでしまいました。

熱があるわけでもないのに、身体が言うことをききません。

学校も休んで、昼も夜もベッドに横たわったままです。

「やれやれ。夜、家を抜け出したと思ったら」

叔母《おば》さんはあきれ顔です。

それでもやはり、心配なのでしょう。

冷たい飲み物を運んでくれたり、レトルトのおかゆを持ってきてくれたりと、仕事の合間をぬって、千冬の部屋にやってくるのでした。

「お母さん、心配してないかな」

かぼそい声で、千冬が言いました。

「大丈夫さ。お前が体調を崩《くず》したから、しばらく帰れないと伝えておいた」

千冬は小さくうなずいて、「ねえ、叔母さん。小さい頃のお母さんの話、して」と、せがみます。

叔母さんは笑みを浮かべ、傍《かたわ》らの椅子に腰を下ろしました。

「お母さんもお前に似て、色白の、病弱な子どもだった。

頭の良い子でね。とくに数学が得意で、いつも満点ばかりとっていた。

思慮《しりょ》深くひかえめで、わたしの自慢《じまん》の妹だった」

「叔母さんとお母さんって、いろいろ正反対だよね」

愉快《ゆかい》そうに、千冬が言います。

「ああ、そうさ。

わたしは子どもの頃から体力も人一倍あってね。

勉強よりもなによりも、占いが好きだった。それが高じて占い師になったくらいさ。

今じゃ人の縁を結ぶ仕事をしているがね。昔はそりゃあ、よく当たるって有名な、占い師だったんだ。

でも、おかしなことにさ。

ここぞって時の直感は、お前のお母さんのほうが冴えていた。

あたしが占い師を辞《や》めちまったのも、お前のお母さんの直感が、あんまりすごかったからさ」

「へえ、そんなに？」

もう何度も聞いた話なのに、飽きることがありません。

千冬は嬉しそうに、あいづちを打ちました。

「そうだとも。ある時、お前のお母さんはこう言った。

『ねえ、お姉ちゃん。占いって時どき、魔が差すよね？』

あたしはそりゃあ、驚いてね。『なんでそう思うの？』と、聞いたんだ。

お母さんは笑って、『んー。なんだかそんな気がしたの』と言うだけさ。

あたしはそれを聞いて、考えこんじまった。

正直ね、それまでうすうす感じていたことだったんだ。

どれほど当たると有名な占い師も。ずいぶん立派に見える占い師でもさ。

時に名なき者とつながって、とんでもないアドバイスをしちまうことがある。

占った本人は、そう簡単に気づかない。はたから見ていて『おや？　もしや……』と思うだけさ。

もちろんね、なんでもない日常でも、『魔が差す』なんてことはある。

失敗のない人生が存在しないように、名なき者と一度も交わらぬ人生も、ありはしないさ。

だが、占いにやってくる人々は、『天からの導き』を求めて来るだろう？　自分を守ってくれている『見えない存在』の意図を知りたくて、来るんだろう？

ところがどっこい、時にその導き手が、ご先祖《せんぞ》さまでも天使でもなく、名なき者でしたなんてことになりゃ、笑い話にもならないじゃないか！

あたしは何も、占いがいけないなんて言うつもりはないさ。

時には勇気を与えてくれる。

時には、内なる真実に気づかせてくれる。

だがね、占い師は、これだけは知っておくことさ。

自分の占いが、名なき者の邪魔によって導き出される可能性。その可能性を、ちゃーんと、お客に伝える勇気を持つこと。

まあ正直、あたしにはそこまでの誠意がなくてね。すっかり面倒《どう》になって、辞《や》めちまったと言うわけさ」

千冬は微笑んで、「お母さんの質問が、決め手になったんだね」と尋ねます。

叔母さんは、なにかを言おうとしてためらい、「まあね。他にもなにかあったような気がするが、忘れちまったよ」と、言いました。

千冬は横にしていた身体を崩《くず》し、仰向けになります。

そしてそのまま、目を閉じました。

「わたしの名前。叔母さんがつけてくれたんだよね?」

「まあ、お前のお母さんと、二人でつけたようなものさ。

わたしたちは冬の季節が好きだったから。

もしかしたら遠くない未来に、季節から冬が消えてしまうことを、予感していたのかもしれないね」

(……冬が消えてしまう)

心の中でつぶやいて、千冬はふゆの姿を思い浮かべました。

そのまま意識はうすらいでいき、やがて眠りの中に落ちていきます。

叔母さんはホッと息をついて、仕事場へと戻るのでした。

21・魚座の０と牡羊座の０

とうとうと流れる広い川。

大きな岩の上を飛び跳ねながら、幼い千冬が渡っていきます。

（ああ、まただ。またこの夢……）

雨上がりのせいでしょうか。岩は湿り気をおびています。

幼い千冬にためらう様子はありません。はしゃぐように、濡《ぬ》れた石の上を渡っていきます。

（逃げないと。早く……！）

そう叫びたいのに、声が出ません。

次第に黒い影が忍び寄り、誰かの手が、少女の小さな背中へ迫ります。

振り返ろうとした瞬間。

千冬の身体は重心を失い、あっという間に水の中へと落ちて行きました。

＊

目が覚めました。

汗でシーツがべっとりと濡《ぬ》れています。

あえぎながら寝返りを打つと、椅子に座る誰かの影が、視界をさえぎりました。

「……叔母さん？」

目をしばたたかせます。

よく見るとそれは、幽霊《ゆうれい》の少女、ふゆでした。

「やれやれ。海の底まであなたを探しに行って、今、戻ってきたのよ？

まさか、お家に帰ってお寝んねしてたなんて、びっくりだわ」

ふゆは、ほおを膨《ふく》らませ、椅子《いす》の上であぐらをかいてみせます。

「ごめんね。心配かけて」

「まあいいわ。それよりも、ねえ、千冬」

と、大きな声でつめ寄る、ふゆの口元に、千冬は人差し指をたてました。

「あんまり大声出すと、叔母さんに聞こえちゃうよ」

ドアの向こうの気配に耳を傍《そば》だて、ささやきます。

「あら、大丈夫よ。

あなたは知らないでしょうけど、わたししばらく、この家にいたのよ？

唄っても踊っても、誰一人気づかなかったわ」

「そうなの？」

「あなたに話しかけてもちっとも答えてくれないし。

あんまり退屈だから世界中を飛び回って、この世の仕組みを見てきたの。

あらゆることを学んだけれど、一番ワクワクしたのは13星座のタペストリーの中。

だから最近じゃ、あそこに入り浸《びた》りだけどね」

「そうなんだ」

感心したように、うなずく千冬。

「ねえ、そんなことより、これ！」

ふゆは急き立《せ》てるように、勉強机の上に置かれた、ウラヌスの紙飛行機を手に取りました。

「あの海で受け取ったのね？」

「うん。わたしには何が書いてあるんだか、さっぱりわからないけど」

「いいわ。わたしが解読してあげる」

ふゆはニンマリ笑って机に向かい、真剣な顔つきで紙面に目を落とします。

「……インドに在る二つの０？」

と、つぶやくふゆ。

その様子を、千冬はしばらく眺めていましたが…。やがて寝返りを打ち、窓の向こう、薄曇りの空に目をやりました。

初めて、牡羊座神話の世界に降り立った時。

東の空で鼓動《こどう》した、天を覆《おお》うかのような、大きな命。

あの場所の向こうに広がった、魚座神話を思い出します。

オリンポスの神々は

川のほとりで
宴《うたげ》を楽しんでおりました。

そこへ森から
怪物デュポーンが現れて
宴席はめちゃめちゃ。
集まった神々は
さまざまな生き物に姿を変えて
逃げ出しました。

この時
美の女神アフロディーテと
その息子は
魚の姿に変化《へんげ》して
川へと飛び込みました。

二人は水の中ではぐれまいと
互いの尾っぽを
リボンで結んだと言います。

「魚座神話は……、お母さんのお腹の中を思い出す」

ボソリと、千冬が言いました。

「お母さんの、お腹の中？」

ふゆが顔をあげます。

「水の中で、リボンで結ばれた母と子。まるでへその緒でつながった、お母さんと赤ちゃんみたいでしょ？」

ふゆはしばしの間、口をつぐんでいましたが、「そうか」とうなずいて、紙の上に鉛筆を走らせました。

気になって、千冬は半身だけ起き上がり、書いたものを覗《のぞ》き込みます。

インドに在《あ》る二つの0《ゼロ》

充満《じゅうまん》	無《む》
雲	空《そら》
卵	精子
魚座	**牡羊座**

「本当なら占星術の中にもまた、二つの０が存在するのかも」

瞳を輝かせ、ふゆが言います。

「え？」

「ずっと不思議だったの。牡羊座神話は、女が消え入りそうであることに」

「女が消え入りそう？」

そう聞き返す千冬に、ふゆは力強くうなずきました。

「そうよ。

せっかく牡羊に助けてもらっても、新天地にたどり着くのは王子プリクソス一人だけ。

妹のヘレーは海に取り残されてしまう。

それに、あの兄妹《きょうまい》は、最初から母が不在だから」

千冬が眉《まゆ》を寄せます。

「雲の精霊ネペレーが、二人のお母さんなんでしょ？」

「まあね。でも、雲の精霊は、『実態のない女』の象徴だから。

この兄妹《きょうまい》の母は、肉体を持たない。

二人の母は、人としても神としても、存在しない」

ゾクリとしました。

女が、限りなく希薄《きはく》な物語。

天駆《てんか》ける牡羊にまたがった少年は、母も知らず、妹も捨て、新しい世界を目指すのです。

それはなんだか不安定で、どうしようもなく未熟な命の片割れに見えました。

もっと言うならば、女を知らない一人寝の男が営みをする、ものさびしくも長い長い、夜を思わせるのでした。

「二つの0の象徴は、充満と無。卵《らん》と精子。そして、魚座と牡羊座。

これにそって、ホロスコープに数を入れ直すなら…」

言葉のまま、ふゆはもう一枚の紙飛行機に、数字を書き足して行きます。

二人は顔を見合わせました。

ここには、新しい宇宙の法則があるようです。

母なる魚座と断ち切られ、独りぼっちの子羊が、この世に生まれ落ちるところから始まる従来《じゅうらい》の西洋占星術。

牡羊座を、『1』と定めた今までの占星術。

その根幹《こんかん》が、ゆらごうとしています。

＊

「占星術は、宇宙と人の意識のコラボレーション。

ホロスコープ上の数が変わるってことは、人の意識も大きく変化するはずだわ。

千冬、この図を見て、何か思いつくことはない？」

もどかしそうに、尋《たずね》ねるふゆ。

「そう言われても……」

「ウラヌスの紙飛行機は、本来、もらった本人のもの。あなただったら、わかるはずよ」

言われて思い出したように、千冬はベッドから起き上がりました。

「忘れてた。これ、持ち主に返さないと」

「え、あなたがもらったんじゃ、なかったの？」

千冬が頭《かぶり》を振ります。

「牡羊座神話に飛び込んだわたしたちを、追っかけてきた男の人がいたでしょ？

海に落ちて、ウラヌスとネプチューンに会った時、あの人も一緒だったの。

この紙飛行機を受け取ったのは彼だった」

「ふーん。やるじゃん、あの運転オンチ」

「え？」

首をかしげ顔をあげると、いたずらっ子のような瞳で、ふゆが笑っています。

「車の運転が下手クソだから、運転オンチ。

まあいいわ。だったらあなた、あいつにこの紙飛行機を返してきて。それから……」

ポケットをまさぐり、折りたたまれた紙を取り出すと、それを千冬の手ににぎらせました。

「これは、わたしがもらったウラヌスの紙飛行機。

もう何度も読み返してるけれど、意味がわからない。

これも一緒に運転オンチに渡して。

それで、あいつが思いついたこと、ちくいちぜーんぶ、教えてちょうだい」

「いいけど……。迷惑じゃないかしら」

伏し目がちに答える千冬。

「あら、バカね。ウラヌスから、こんなにたくさん宿題をもらってるヤツなのよ?

大喜びで、謎解《なぞと》きをするはずだわ。

それにわたし、宇宙の成り立ちをどうしても知りたいの」

そう言って、ふゆは千冬の身体にチラリと目をやります。

「あなたも、そろそろ一緒に還《かえ》る時が近づいているみたいだし。それまでに、新しい占星術を調べ尽くさなくちゃ！」

「一緒に還る」と言うくだりを聞いて、ホッと嬉しく思ったのに、一方で、わずかに胸の奥が痛みます。

「さあ、時間がないわ。わたし、ちょっと出かけてくる！」

ふゆはそう言って窓を開け、桟《さん》に足をかけました。

「ちょ、ちょっと待って！」

今にも空に飛び立とうとする、ふゆを呼び止めます。

「やっぱり無理だよ。わたし、あの人の連絡先も知らないし。身体も、思うように動かない」

「ああ、大丈夫よ」

そう、ケロリと答えるふゆ。

「ほとんどの人が、自分のところにやってきたウラヌスの紙飛行機に気づかないけれど。飛行機は『知の風』に乗って、幾度もその人の元へ舞い戻るの。

つまり、いくら持ち主の手を離れても、いずれは運転オンチの元に還るってこと」

そう言うと、ふゆはタンッと桟《さん》を蹴《け》って宙に浮き、夕暮れの空へと消えていきました。

22・翔の心臓のあたたかみ

だだっ広いエントランスにモップをかけ、廊下の隅々まで掃除を済ませると、翔は外へと続く大きな扉を開きました。

石畳のその先、門の向こうを忙しそうに行き交う人々に目をやります。

平日の朝から博物館にやって来る人は、そういません。

相も変わらず、池くんだけが、扉の前に置かれたロッキングチェアまで駆《か》けて来て、ひょいと腰をかけました。

翔はと言うと、そのまますぐには帰らずに、庭園のベンチに腰を下ろします。

目の前には、いつかの朝、少女を横たわらせた緑の芝が広がっていました。

あの時、翔は、眠っている千冬に目をやり、(やっぱり、光流に似てる)そう思ったのでした。

光流の病院には、もう幾度も足を運び、時には花を買って窓際の棚にかざりました。

子どもの頃、少女が愛用していたというクマのぬいぐるみは、差し込む西日に焼け、すっかりすすけています。花の鮮やかさだけが、目をつむったままの少女に、息吹きを与えるような気がするのでした。

（千冬の目は綺麗《きれい》だった。

うるんでいて真っ黒だけど、わずかに青みがかかっているような……）

光流が目を開いたら、きっとこんな瞳をしていると、翔はずっと想像していたのです。

だからこそ、千冬が博物館に現れた時、「この子は光流の魂《たましい》だ」と、思ったのでした。

（もう、会えないんだろうか……）

翔は仰向けに、ベンチに寝転がりました。

木漏れ日《こもれび》をまぶたの裏に受けながら、胸がしめつけられるのを感じます。

銀河の生まれる場所から帰る途中、名なき者に告げられた光流の死。

同時に千冬もまた、間もなく肉体が滅ぶと聞かされました。

翔は、自分には受け止めがたい、あまりに大きな問題にぶつかると、いつもそうやってやり過ごすように、少し卑屈《ひくつ》に笑ってみせました。

「『死』ときたら。この数年、ずいぶんな気軽さで、なんでもない日常に入り込むようになったもんだ」

そんな風に、わざと軽口を叩《たた》いて、気を紛《まぎ》らわそうとします。

かすかに唇が震えました。

思わず、まぶたの上で両手を組みます。

そうやって、ほおを伝う涙をそっと隠しました。

無性《むしょう》に、千冬に会いたいと思いました。

あの時、この場所で、ほとんど優しい言葉をかけないまま立ち去ったことが、今更《いまさら》のように悔《く》やまれます。

(オレってやつは……。

また『死』に傷つけられることを恐れて、あの子に近づくのをためらってしまった)

それは悲しいことでした。

永遠に傷つかないことを選択するのは簡単です。それは、誰も愛さなければ良いのです。

星を使う喜びを、ひとつ残らず手放してしまえばよいのです。

翔は自分にそう語りかけ、胸に手を当てました。

あたたかな心臓が、小さく波打つのを感じます。

(あの子を、探そう)

起き上がりました。

濡《ぬ》れたほおをぬぐって立ち上がり、石畳を行こうとして振り返ります。

どこからともなく耳に届いた、細い声。

「つなぐこと。つなぐこと……」

辺りを見回しましたが、人の姿はありません。

気のせいかと思い、駆《か》けだそうとするとまた、「つなぐこと。つなぐこと……」と聞こえます。

翔はゆっくりと、建物の方へ向き直りました。

椅子に座った池くんの姿。

ロッキングチェアで居眠りをしている彼が、寝言でも言っているのでしょうか？

翔は池くんの顔を覗《のぞ》き込もうと、近づきました。

（おや？）

眠っている池くんの手の中に、見覚えのある白い紙。思わず腕を伸ばします。

23・闇夜に紛《まぎ》れてやってきた者

千冬はもう、眠るのにうんざりしていました。

ある時は、名前も知らない太古の国で、生きたまま棺《ひつぎ》に入れられてしまいます。ある時は、誰かをかばって馬車だか車だか、大きなものに引かれてしまいます。ある時は髪結いに首筋を針で打たれ、そのまま意識を失ってしまいます。

そしていつも決まって最後にやってくる夢は、川面の飛び石を渡る幼い千冬。はしゃぎながら飛び跳ねる自分が、背中を押され、水の中へと落ちてしまうのです。

千冬はその夢が一番嫌いでした。

暗闇の中で目を開き、「もう、眠らない」と、自分に言い聞かせます。

いつも深夜まで働く叔母《おば》さんも、仕事の目途がついたのでしょう。

リビングの明かりは少し前に消えました。

目覚めているのは千冬だけ。

ワオーンと、遠くで犬の遠吠えが聞こえ、それっきり、辺りは静まり返っています。

千冬は寝返りを打ちました。

（まだ、この町にも犬がいたんだ……）

そんなことを思ってウトウトし、ハッと目を開きます。

（犬の遠吠え？）

そろりと身を起こしました。

ハッハッハッと、彼方から聞こえてくる小さな息。

ベッドの脇に目をやると、やっぱりです。

どこからやってきたのか、丸い目をした子犬が床にちょこんと腰を下ろし、千冬を見上げているではありませんか！

「ちょび！」

子犬はきゃんっと一声鳴いて、差し出した千冬の白い手を、ペロペロとなめました。

「どうしたの？　こんなところまで」

尋ねてすぐ思い立ち、窓を開け、外を見渡します。

すると、門の向こうをよぎる男の影。

翔でしょうか？　それとも……。

千冬はちょびに「おいで！」と呼びかけ、部屋を出ようとして駆《か》け戻り、机の上の、ウラヌスの紙飛行機を手に取りました。

不思議と身体は軽く、弾《はず》むようです。

叔母さんの部屋の前を忍び足で通り過ぎ、そっと玄関のドアを開けます。

するとまた、柵《さく》の向こうを横切る影。

「翔なの？」と、声をかけました。

庭にあるソテツの細い葉が、月明かりに光っています。

熱帯夜のはずなのに、どこからともなくやってくる心地よい風。その風に誘われるまま、千冬は外へ出ました。

そうして、通りの向こうへと消えて行く人影を追いかけます。

影は追われているのを知っているのか、いくつもいくつも角を曲がり、立ち止まることがありません。息せき切って、民家の角をやっと曲がると……。

差し向かいの電柱の明かりを受けて、誰かがぽつりと、立っているのが見えました。

近づいてみると、それは池くんでした。

「あなただったの」

拍子抜けしたように、千冬が言いました。

町を歩き回るうち、迷子になってしまったのでしょうか。

（お家はどこなんだろう？）

住所の書かれた札のようなものを、持っているかもしれません。

傍《そば》に寄り、首元やベルトの辺りに目をやります。

「つなぐこと。つなぐこと……」

ふいに、池くんのつぶやく声が、耳に飛び込んできました。

(つなぐこと?)

どこかで聞いたフレーズです。


——始まりと終わり。夢と現《うつつ》。闇と光。決して交わらぬと思えたものをつなぐこと。


辺りを見回しました。

見慣れたはずの夜の町は静まり返り、妙な物悲しさが、身の内を埋《う》めていきます。

もしかしたらまた、夢の中にいるのでしょうか。

千冬は少し考えて、池くんの手にウラヌスの紙飛行機をにぎらせました。

「これ、翔に渡してくれる? わたし、あの人の元に行けないの」

池くんは小さな目をキョロリと動かし、紙をにぎりしめます。

そして、人気のない大通りへ向かって、とぼとぼと歩き始めました。

24・ウラヌスの紙飛行機に記された、誰かの落書き

眠っている池くんの手から、翔は重ねてにぎられた数枚の紙を、そっと取りました。
開くとそれは、いつかウラヌスから受け取った紙飛行機です。
（どうして、こんなところに……）
石段に腰を下ろし、紙面に目をやりました。
ドキリとします。

インドに在《あ》る二つの0《ゼロ》

充満《じゅうまん》	無《む》
雲	空《そら》
卵	精子
魚座	牡羊座

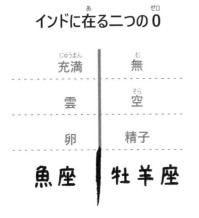

あの時には見なかった誰かの文字。
（魚座と牡羊座が二つの0……？）
ネプチューンの最後の言葉を思い出します。

——始まりと終わり。夢と現《うつつ》。

闇と光。決して交わらぬと思えたものを、つなぐこと。


(『始まり』と思っていた牡羊座。

『終わり』と思っていた魚座。

この二つはつながって、『充満の0』と『無の0』を象徴する……)

何かがひらめきそうな予感に、胸が高鳴ります。咄嗟《とっさ》に、思いついた数式を走り書きしました。

(ここに並んだ二つの0は、∞《無限大》のカタチに見える。

もちろん、そんなのただのこじつけだ。だけど……)

翔は、とうの昔にすみずみまで記憶した、自分の出生図《ネータルチャート》を、頭の中に思い描きました。

（『充満の０』の場所。ここにはオレの月と天王星がある。

そして『無の０』。この場所には水星がある）

月はその人の心象を。天王星は常識を破壊する、新たな真理を。水星は知性を司る天体です。

クラクラしました。

人々の月を感じとり、そこにまとわりつく名なき者の姿まで感知するようになったのは、いつ頃からでしょう？

＊翔のネータルチャートは『モックまくんの星のレッスン』のしょう太の出生時刻より１時間早いものとなっています。

13星座のタペストリーが織りなす神話の世界を自由に出入りし、散りばめられた謎《なぞ》を集め、宇宙の意図をひも解くようになったのは、すべて偶然《ぐうぜん》でしょうか？

今まではこの力を、かつての占星術の決まりごとになぞらえ、「見えないものへの、過《す》ぎた敏感《びんかん》さのせい」と、考えてきました。

けれどこれこそが、未だ自覚していない、潜在意識の深くに眠る、無限の才能の欠片《かけら》だとしたら？

もしかしたらこれこそが、新しい占星術の醍醐味《だいごみ》だとしたら。

今を生きる自分たちはきっと、これまでの西洋占星術では読み取ることのできなかった、新しい自分に遭遇《そうぐう》できるのではないでしょうか。

震える指先に力を入れようとして、おや、と、思いました。

2枚の紙と重なって、黄ばんだ紙がもう1枚。

どうやらこれもまた、ウラヌスの紙飛行機のようです。

太古の昔

一つ《ワンネス》だったものは
二つに分かれ、向き合った。
男と女はそうして生まれ
憎みあい
愛しあった

（この詩は……）

きゃんっと、かすかに、子犬の鳴く声が聞こえたように思います。

あまりに深く集中していたせいでしょうか。翔はひどく驚いて、肩をふるわせました。

辺りを見回します。

相変わらず池くんは、ロッキングチェアにゆられて眠っています。

翔は立ち上がり、開かれた扉の向こう、まだ人気のない博物館のエントランスに目をやりました。

奥まったところには、13星座のタペストリーがかかっています。ただならぬ気配を漂《ただよ》わせているのは、いつものこと。

そう思いながらも、翔は魚座神話の絵柄の辺りに、静かに意識を向けました。

25・あの記憶

夜の町を歩きながら、千冬はぼんやりと考えていました。

翔の背中に身をあずけ、ゆられながら見た夢。

白いワンピースを着て、麦わら帽子をかぶった小さな千冬が、川面の岩の上を渡っていきます。

まぶしいほどの光りの中で、誰かの黒い手が伸びて、やがてその背を押すのです。

以来、「幼いわたし」が川に落ち、命を落とす夢をくり返し見るようになりました。

息が苦しくなって、小さな胸をさすります。

(わたしが死ぬ夢を、もう何度も見てきたけれど……。あの夢が一番きらい)

千冬はそう思って、足を速めました。

内側から締《し》め出そうとしても、幾度となくやってきて、自分を苦しめる記憶。

（……記憶……？）

そう、夢と言いながら千冬は、あれが本当にあった出来事だと、知っているのです。

（水かさの増した深い川。

そんな川は、今はもう見当たらないから、ずいぶん昔のことだと思うけど……。

わたしはたしかにあんな風に、岩の上で遊んでた。

お気に入りのワンピースを着て、帽子をかぶって……）

ひたいにズキリと、痛みが走ります。

頭の中に霧がかかり、その先の記憶をたどることができません。

川に落ちた後の、春先の水の冷たさ。きっと驚くほどだったろう、雨上がりの流れの速さを、千冬は少しも思い出せないのです。

ため息をついて、顔をあげました。

すると、少し先の十字路を、白い影が横切ります。

一瞬のことでしたが、その姿には見覚えがありました。

（ふゆ！）

嬉しくなって、彼女の後を追いかけます。

あの角を曲がれば、今さっき走り去ったふゆに追いつけるでしょう。

駆《か》けだして、千冬はふと、気がつきました。

（あのワンピースの子どもは……わたしじゃなかった）

心臓が、ドクンと音をたてました。

（わたしはあの子を……、後ろで見ていた）

また一つ、ドクンと心臓が波打ちました。

角を曲がります。

その瞬間、辺りは白い光りに包まれて、無情なほどに豊かな川が、キラキラと広がっていました。

まだ幼い、二人の子ども。

白いワンピースを着た子らが、はしゃいで岩の上を駆《か》けていきます。

じゃれ合って遊ぶ二人は、もう誰のことも見えていなくて。一人が相手をトンと押し、よろめいたその子はバランスを立て直します。そして、笑って走り出した友達を、今度は思い切り押し返しました。

友達は足をすべらせて川に落ち、まるで木の葉のようなスピードで、流されていったのです。

その子が落ちる瞬間に、麦わら帽子がはためきました。

（あぁぁ……！）

千冬は思わず目を覆《おお》います。

つばの向こうにあった、その顔は……。

ふゆでした。

まだ幼さの残る、小さな小さなふゆでした。

遠い昔の、痛みの記憶。

友であり、姉であり、妹でもあった、大切な魂《たましい》の片割れ。

その子をこの手で葬《ほうむ》った瞬間。

世界に限りなく、失望した瞬間。

その時のことを、千冬はすべて思い出したのです。

＊

ほの暗いベッドの傍《そば》に、叔母《おば》さんが座っています。

ボソボソとかすれた声で、何かを話しているようです。

これはいつのことでしょう？　眠っている千冬に語りかけていたのでしょうか。

それとも叔母さんの独り言だったのでしょうか。

「……信じられないかもしれないが、あたしはお前を恨《うら》んだことなど一度もない。

それどころか、お前もお前のお母さんも、かわいそうでならなかった。

『気乗りがしない』。出かける前にそう言った、妹《あの子》の言葉を聞いてやればよかったと、何度、後悔しただろう。

もちろんさ。娘を失った悲しみは、ひどくあたしを打ちのめした。

ユーモアの欠片《かけら》もないこの運命を、どれほど恨んだかしれない。

でもね。あたしはどこかでこうなることを、知っていたんだよ。

妹がお前を胎《はら》に宿し、あたしがふゆをさずかった時。

『ああ、この子たちは、とてつもなく深い縁で結ばれている』そう感じた。

だから、ふゆが亡くなったあの日も、混乱と悲しみのなかにありながら、ずいぶん冷静なあたしがいてね。

『ついにこの日がやって来たか……』そう、ぼんやりと考えていたんだ。

以来お前のお母さんは、たびたび、床に伏すようになって、お前はほとんど我が家で暮らすようになった。

ふゆを忘れることはできなかったし、傍《そば》でお前を見ているのも辛かったが、やがて、あたしはいつからか、こう考えるようになったんだ。

千冬とふゆの魂は、巡《めぐ》り巡って、きっと良い方へ向かっている。

あたしたちの価値観じゃ計ることのできない、宇宙のあたたかな営みが、きっとこの子らを守っている。

だからどうか、千冬の命が尽きるその前に。心深くにうがたれた、『罪の意識』という孔《あな》が、きれいさっぱり癒《い》えますように。

命の灯が消える日。

記憶の奥底に隠《かく》した『嘆《なげ》き』をかぎ分け、名なき者たちがやって来ぬよう。絶望のただ中にいるお前を、名なき者たちが連れ去ってしまわぬように。

そう祈り続けた」

26・契《ちぎ》りの盃《さかずき》

千冬は、もう考えることも感じることもできませんでした。

今まで閉じて守ってきた心は、むごいような現実に、割かれてしまいそうでした。

ひざを折って突っ伏し、泣いているのか、怒っているのか、わからないような声でうめきます。

いつの頃からか見るようになった数多《あまた》の悪夢も、これほど自分を苦しめたことはありません。

なぜならその夢は間違いなく「わたしの死」だったから。

自分自身が誰かの手によって葬《ほうむ》られる、「わたしが死ぬ」夢であったから。

（わたしが殺した……。ふゆをこの手で……）

大地についた両の手を無意識ににぎりしめようとして、千冬はやっと、我に返りました。

両手につかんだ厚みのある布。少し目を上げると、点々と光る星屑《ほしくず》が、辺りに広がっています。

これはもしや、いつか翔と共に見た、銀河のタペストリーではないでしょうか？

千冬はもう藁《わら》にもすがる思いで、たゆたう大きな川の向こうに目を凝《こ》らし、散らばった星《ほし》屑《くず》のその先に、あのひとがいないか探しました。

銀河を生む巨大な神。

彼女に許しを請《こ》い、この苦しみから少しでも早く逃れたいと思ったのです。
振り返ると、そこには妖艶《ようえん》で美しい、大きな女が立っていました。
「ネプチューン。
……ずっと、生きることが苦しいと感じていました。命あることが申し訳ないと。
その理由が何なのか、どうしたら逃れられるのか、ずっと探し求めてきたのに。
これが真実だったのですね。
わたしが大切な人を殺してしまった。
自分が殺されるのではなく、この手でわたしが殺してしまった……」
ネプチューンは憂いのある瞳を千冬に向けると、静かに言いました。
「あわれな罪人《つみびと》よ。なにゆえあのようなことが起きたのか、お前にはわからぬのだな。
あれはお前の魂《たましい》が、心のどこかで望んだことだ」
「わたしが……望んだ？」
千冬は恐ろしさに震えながら、ネプチューンの言葉をくり返します。
ネプチューンは痛ましそうに千冬に目を落とすと、うなずいて言葉を続けました。
「人の魂とはなぜ時に、これほど大きく道を外してしまうのか。

苦しかろう。悲しかろう。

されど、わたしはお前に真実を伝えよう。

なぜならお前は、今やっと、己の薄暗い本音を受け入れられるほど、心が強くなったのだから。

よいか、千冬。

くり返される転生の中で、お前はあの娘の身代わりとなり、幾度となく命を落とした。

豪商《ごうしょう》の娘と下働き。高貴な者とその影武者《かげむしゃ》。呪術《じゅじゅつ》を行う巫女とその厄受《やくう》け。

そうして、お前はいつしか、あの娘の死を願うようになったのだ。どうか、たったの一度くらいは、わたしに生《せい》を与えてくれと。

死が訪れるのは、わたしではなく、あの者であってくれと。

心のどこかで、強く願うようになったのだ」

千冬は両手で顔を覆《おお》い、声をあげて泣きました。

ふゆの愛らしさ。ふゆの聡明さ。

その姿はいつも、まばゆいばかりに千冬に迫り、胸をこがしてきました。

狂おしいほどの憧れを、どこかで感じていたのは本当です。けれど……。

あの子をこの世から消し去りたいほどに。まるで自分が彼女の代わりになることを、望んでいたかのように。

それほどまでに、ふゆを羨《うらや》んでいたのでしょうか。

「わたしはどうしたら良いのでしょう。

とてもとても、生きていくことができません。

この肉体がほろんで天へと還っても、輪廻転生《りんねてんせい》をくり返し、魂の営みが続くことに、耐《た》えられないのです。

すぎた欲望から、かけがえのない友を殺しました。

大切な人たちを、悲しませてしまいました。

わたしはもう、輪廻《りんね》の輪《わ》に戻ることができません。

自分をどうしても、ゆるすことができません……」

ネプチューンは、ジッと千冬を見降ろしていましたが、やがて懐《ふところ》から朱塗《しゅぬ》りの盃《さかずき》を取り出しました。

「罪を償《つぐな》いたいのなら、また輪廻《りんね》の輪《わ》にそって転生し、大地で痛みの経験をすることだ。

その、悪しきカルマを浄化することだ。

勇気を持って自らに罰を与える人生を選び、己の罪をそそぐがよい。

さあ、わたしの盃を一口、飲みなさい。

天に戻ってしばしの間、休むがいい。さあ、ぐっと……」

ネプチューンの目が怪《あや》しく光ったことを、気づくゆとりは、もうありません。

すがるように盃へと手を伸ばし、血の気を失った唇を寄せます。

少女が酒を口に含んだのを見極めると、ネプチューンはうっすらと笑みを浮かべ、その盃を取り上げました。

美しかったはずのネプチューンの面立ちは、なにやら荒々しい表情に変わっています。

舌なめずりをし、今にも残りの酒を飲み干そうとした瞬間、どこからか、ちょろちょろちょろ……と、水を注ぐ音が聞こえてきました。

足元に目をやれば、なんと子犬がネプチューンの足に小便《しょうべん》をかけているではありませんか！

「こ、こやつ！」

しぶきが跳《は》ねるのを嫌がって、思わず手にした盃を高く上げます。

すると薄闇の向こうから、スッと誰かの手が伸《の》びて、盃を奪い取りました。

そしてあっという間に、その酒を飲み干してしまったのです！

現れたのは翔でした。

「ああ、この野郎！　またお前か！　契《ちぎ》りの盃を飲んじまいやがった！」

そう叫ぶ姿に、もはやネプチューンの面影はありません。

三角の赤い耳。先のとがった長い尻尾。

いつだったか、『銀河の生まれる場所』から帰る途中、二人に近づき、そそのかした、名なき者の姿です。

翔は大声で、「黙れ！　なりすまし！　今度、会ったらゆるさないと決めていた！」そう叫びました。

「ハッ、ゆるさないだと？　人間ごときのお前になにができる？　このオレ様は……」

そう言いかけて、名なき者は、赤くとがった耳をちょいとかき、「誰も恐れて近寄らぬ、ベルゼブブ様だぞ！」と、声を張り上げました。

翔はもう一度、「だまれ！」と叫ぶと、肩から思い切り体当たりをします。

そうしてついに、取っ組み合いの大ゲンカが始まったのです！

名なき者のほおを翔がぶん殴《なぐ》ると、今度は腹を蹴《け》り上げられます。後ろを取って首を締《し》めれば、とがった前歯で腕《うで》を噛《か》まれ……。振りほどき、頭をしたたか打ってやると、真っ赤に張った固い額《ひたい》で、頭突《ずつ》きをくらわされるのです。

二人でえんえん、ケンカをしていると言うのに、いったいどうしたことでしょう。

殴《なぐ》れば殴るほど、疲れていくのは翔ばかり。

名なき者ときたら、目は爛々《らんらん》とし、尻尾は見る間に太くなり、どんどん元気になっていくではありませんか！

翔はついに力尽き、ガックリとその場にひざをつきました。

名なき者はキャッキャッと喜んで、腕を矢じりに変化させると、とどめを刺さんとばかりに振り上げます。

その時でした。

27・恥ずかしい名前を与えられた名なき者

「やい！　ベルゼブブ！」

凛《りん》とした少女の声が、辺りに響《ひび》きました。

ハッと名なき者が顔をあげます。

遠のく意識の中で、翔もまた、少女の声に耳を澄《す》ませました。

聞き覚えのある清々しい声。いつかの晩も、翔はこうして彼女に救われたのです。

「ふふん。このオレ様の名を呼んだのは、お前か？」

ベルゼブブと呼ばれた名なき者は、まんざらでもない様子で答えます。

ふゆはつかつかと二人の処へやってきて、名なき者を足先から頭の先まで眺《なが》めまわしました。

「おい、やられちまうぞ……」

仁王立《におうだ》ちした少女を見上げながら、翔は声をふりしぼります。

「黙ってなさい。運転オンチ」

ふゆは目もくれずにそう言うと、キッと名なき者をにらみつけました。

「なーにがベルゼブブよ。名なき者に、名などあるものですか。

やれネプチューンだ、やれ大天使ミカエルだ。そうかと思えば、大悪魔のベルゼブブだ。

名騙《ながたり》りは、あなたのお得意じゃない！」

名なき者は、一瞬、面食らったようでしたが、背中の黒い翼を大きく広げて威嚇《いかく》すると、「だ、黙れ！　お前のような小娘になにがわかる！」と、怒鳴りました。

ふゆは、あっはっはと、お腹を抱えて笑ってみせて、「言ったでしょ！　名なき者は、名がないから名なき者なの。いいわ。わたしがあなたにピッタリの名前をつけてあげる」そう言って、目を細めます。

ベルゼブブと名乗ったその男は、途端に青ざめて固くなり、一歩、後ろへと退きました。

「くんくん。あらやだ、あなた。

ちょびにオシッコかけられちゃったのね！

それなら『オシッコおなら虫』なんて名前はいかが？」

言われたとたん、赤黒い身体がシューーッとしぼみ、とがった耳もくしゃりと垂《た》れてしまいます。

「ああ、でも、せっかく憧れのベルゼブブを騙《かた》ったんだもの！　ちゃんと、その名前も混ぜてあげなきゃ。

オシッコおなら虫の『ベルゼプップー』はどうかしら？」

名なき者は、見る間にこぶしほどの大きさに縮んで、おどおどと丸い目を動かすばかり。

ふゆは「もう一押しね」とつぶやいて、「オッケー！　決まり！　あなたの名前は『おなら虫の、ベルゼプップー』！」と、声高らかに叫びました。

あわれな名なき者は、与えられた名前に、あらがうことができません。

見る間に小さく小さくなって、果てには小指の先ほどの、黒っぽい毛虫に姿を変えてしまいました。

ふゆは、ふんっと鼻を鳴らすと、その毛虫を指でつまみ、ちょびの頭の上に乗せました。

「いっちょ上がり。こいつも生きとし生けるものだから。命は奪わない」

そうしてすぐに、横たわる千冬に走り寄ります。

千冬は差し出されたふゆの手を、力なくにぎりました。

ふゆは怒ったように、その手をにぎり返します。

「もう！　なにを言われたか知らないけど、何でもかんでも能弁《のうべん》に語るネプチューンなんて、いるわけないじゃない！

簡単に答えを教えるヤツ。話の中に上手に『ワルモノ』をこしらえるヤツ。与えた見返りを欲しがるヤツ。そいつらはぜーんぶなりすまし！　覚えておきなさい！」

千冬は目を閉じたまま、動きません。青ざめ、息は浅く、ぐったりとしています。

ふゆは立ち上がって川の淵《ふち》へと降りていき、スカートのすそを破《やぶ》くと水に浸《ひた》しました。そうして千冬の傍《かたわら》へ戻ると、乾いた唇をそっと湿らせてやりました。

翔の方へ振り返ります。

「契《ちぎ》りの盃を飲んだんだ。でも大丈夫。飲み交わす前に、オレが奪ったから」

「そう」

不服《ふふく》そうに、うなずくふゆ。

翔は、痛む身体をかばいながら起き上がり、マジマジとふゆの姿を見つめました。

病室で眠ったままの光流を、もう何年も見てきたのです。むろん、まぶたを開き、話をする姿は知りません。けれどこの少女は……。

「なによ」

つっけんどんに尋ねるふゆに、翔は言いました。

「君が光流だと思ってた。

事故のあった日。

オレを名なき者から助けてくれた、君こそが光流の魂《たましい》なんだって」

ふゆは、ああ、と軽くうなずき、「それはとんだカン違いだったわね。わたしはただ、13星座のタペストリーを旅してただけ。……あの日。いらないお節介《せっかい》とは思ったけど、天に還る途中で迷っていたこの子が、『助けて欲しい』ってせがむもんだから」そう言って、ちょびの背中をそっとなでます。

翔は呆然《ぼうぜん》と立ち尽くしました。

(なんてこった。

オレときたらこの6年、まるで別人の魂を探していたってのか。だけど……)

それではいったい、光流の魂は、どこにいると言うのでしょう。

事故にあい、どこにもケガは見当たらないのに、もう6年も目覚めない不思議な少女。

彼女の魂はいったい……。

「光流なら、ずっとあの肉体で眠っているわ」

翔の問いが聞こえたかのように、ふゆが言いました。

「え……」

「時が来るのを待ってる。あの肉体を守りながら」

気のせいでしょうか?

声音から、わずかに敵意のようなものを感じます。

言葉の意味をたしかめたいのに、どうにも言いよどんでいると、ふゆは立ち上がって、辺りに散らばった紙を1枚、拾い上げました。

「ああ、そいつは君の？　ネイティブアメリカンの詩が書かれてる。ウラヌスの紙飛行機みたいだが……」

「あなたこれ、知ってるの？」

翔は軽くうなずいて、紙に書かれた詩を暗唱してみせました。

太古の昔
一つ《ワンネス》だったものは
二つに分かれ、向き合った。
男と女はそうして生まれ
憎みあい
愛しあった。

「そしてね。こいつには続きがあんだ」
「続き？」
ふゆはうながすように、翔の口元をジッと見つめます。
「己の素晴らしさを知るために。
わたし達は分かれたのだ。
そうして、
初めて『憎しみ』を知り
やっと
本当の愛を知った」

28・世界を変えようと思った、勇敢な幽霊の少女

千冬を待つ間、ふゆは世界中を見て回り、図書館に積まれた古代の書物を読みあさって、ついには13星座のタペストリーにたどり着いたのです。

たくさんの学びの中で、彼女が導き出したのは。

悲しみ、憎しみ、妬《ねた》み、恨《うら》み、不安、批判《ひはん》……。

あらゆるすべてのネガティブな感情は、太古の賢者が定めた、「この世のすべては、二つに分けることができる」、そんな世界観から生まれたものと言うことでした。

元は一つだったわたしたちの魂《たましい》。

宇宙の源と一体《ワンネス》であり、愛そのものであった魂。

その愛を、今度はこの地球上で学ぶはずだったのに。

古くはゾロアスター教に、世界を善と悪に分ける二元《にげん》の思想が生まれ、その思想を元に、ピタゴラスの数《すう》の定義が生まれたのです。

数《すう》のわかりやすさも手伝って、二元の思想は、またたくまに世界中に広まりました。

やがて、「己も自然の一部」ととらえ、生きてきた人々が、自分たちと自然を切り分けるようになります。

自然をただの資源と見なし、手の中でコントロールしようとしたのです。

それによって世界中の森や山、川や海から、あらゆるものが奪われて、豊かだった地球は朽《く》ち果てていきました。

人は善と悪と言うものさしで、考え方の異なる人々を裁《さば》き、裁かれた者は、暴力であらがいました。
やがて人々の豊かさに差が生まれ、豊かな者はそれを生涯、持ち続けるため、身分制度を作り出し、さらに人々の恐れをかきたてたのです。

——人と自然。善と悪。富める者と貧しき者。
すべてを、二つに分けるという思想。
これによって世界はゆがみ、多くの人々が愛を見失っている。

ふゆはやがて、そう考えるようになりました。
そして、13星座の神話を旅する途中、ネプチューンに出会ったのです。
大きな女は面白そうに、小さな幽霊を見下ろしました。
ふゆは叫びました。
「ネプチューンのおばさん！　お願いがあるの！
わたしを太古の昔へ連れてって。二元の思想が最初に生まれたその瞬間。

誰かが愛を忘れて、自分と世界を、二つに分け隔《へだ》てた瞬間へ、連れてって欲しいの！」

それを聞くと、ネプチューンは腹を抱えて大笑いしました。

「こいつは面白い客人が来たものだ。

ふむ。どうか教えてくれないか？　お前はそこへ行ってなにを成す」

「あら、決まってるじゃない。わたし、この世界を変えたいの！」

声を張り上げる小さな少女を眺めながら、ネプチューンは煙管《きせる》を口に加えます。

そしてゆったりと、青い煙を吐き出しました。

「ふふ。お前は天にも還らずに、この世の成り立ちを調べて回ったと言うわけか」

「ええ、そうよ。

おばさんはきっと、『こんなちっぽけな魂《たましい》に、何ができる？』そう思ったでしょ？

でも、やってみなくちゃ、わからないわ！」

大きな女は、あたたかな笑みを浮かべ、「たった一つの魂にも、無限の小宇宙が宿っている。

『何ができる？』などと、いぶかしむものか」と、言葉を返します。

「あら、それなら話は早いわ。あなたならできるでしょ？

どうかわたしを、この大地で、初めて分離が生まれた瞬間へ連れていって」

「では聞くが、人の肉体とはいったいなんだ？」

ふゆは思わずプウッとほおをふくらませました。

「わたしがお願いしてるのに、おばさんときたら質問ばかり」

ブツブツ言いながらも、仕方なく問いの意味を考えます。

ふゆにはもう肉体がありません。

肉体が滅び、魂に戻った今、本当なら宇宙の源と一つになるため、天へ還るべきとでも、言いたいのでしょうか。

そこまで考えて、少女は首をひねりました。

そうです。

そもそも肉体とは何なのでしょう。

元は、宇宙の源と一体《ワンネス》だったわたしたち。そこから御霊《みたま》が切り分けられ、放り込まれた容《い》れ物が肉体ならば……。

この世に分離が始まった瞬間とは、人がこの地球に命をさずかった瞬間ではないでしょうか。

「うーん。こんがらがってきたわ」

思わず頭を抱えます。

すると、女の背後に広がった銀河の海から、なにやら白いものが飛んできたのです。

手の中に舞い降りたのは、キッチリと折られた、美しい紙飛行機でした。

「どうやらウラヌスからお前に、宿題が届いたようだ。

そこに書かれていることが、お前の悩みを解《ほど》いてくれるだろう」

海王星はそう言って煙管《きせる》をしまい、細長いシャットルを持ち直すと、銀河のタペストリーを織り続ける、終わりのない仕事に戻ったのでした。

29・さあ、思い出せ。唯一無二《ゆいいつむに》のお前のダンスを

「あのさ」

と、翔はおそるおそる、ふゆに話しかけます。

「なによ」

と、眉をしかめるふゆ。

「君、ネプチューンを、おばさんって呼んだの？」

ふゆは小首をかしげ、「おじさんには見えなかったわ」と答えます。
そうして、「ああ、もう！　邪魔《じゃま》しないで！　今、なにか、わかりそうなんだから！」と叫ぶと、ぎゅっと目をつむりました。

太古の昔
一つ《ワンネス》だったものは
二つに分かれ、向き合った。
男と女はそうして生まれ
憎みあい、愛しあった。

己の素晴らしさを知るために。
わたしたちは分かれたのだ。
そうして、
初めて『憎しみ』を知り

やっと
本当の愛を知った

人間が二元の世界に堕《お》ちたのは、もしかしたらわざとだったのでしょうか？

源と一体だった自分たちの素晴らしさを知るために、分かれ、比べ、痛みの感情を味わったというのでしょうか。

ふゆは小さく首を振ります。

「だとしても。

わたしたちは、そろそろいい加減に、二元の世界を終わらせる時だわ。じゃないと地球が持たないもの。

人々だってこんなに苦しんでる」

ふいに、ネプチューンの歌声が、耳の奥で響《ひび》いたように感じました。

「……運転オンチ」

目を閉じたまま、翔を呼びます。

翔はと言うと、また、おそるおそる少女の顔を覗《のぞ》き込み、「さっきから気になってたんだけど。それってオレのこと？」と尋ねました。

「他に誰がいるのよ、運転オンチ！」

「生きるチカラ奪うネーミングセンスが、すごいね……」

キッと目を光らせて、少女が向き直ります。

「あなた、ネプチューンの歌を覚えてる？」

「まあ。一応、オレ、詩人だから」

幽霊の少女はせっつくように、「早く唄って！」と、つめ寄りました。

へびつかい座の名のもとに
つどい唄う者たちよ。

魚座と牡羊座を
むすぶとき。

命まぐわう
永遠《とわ》がはじまる。

しかめっ面をし
学ぶことなど一つもない。

ただ思い出せ。
唯一無二《ゆいいつむに》の
お前のダンスを。

古い痛みも
天の光りも
今ここに集めてごらん。

お前のハートは

聖なる小部屋。
お前だけの
小さな宇宙。

さあ、思い出せ。
唯一無二《ゆいいつむに》の
お前のダンスを。

二人は顔を見合わせました。

なぜ今まで、この歌に注意を払わなかったのでしょう。

ここにはまるで、すべての答えがあるかのようです。

「これまで、不安や悲しみ、嫉妬《しっと》やうらみ、あらゆるネガティブな感情から自由になるために、
多くの偉人が知恵をしぼってきたわ。

失われたワンネスの意識に戻ろうと、いっぱい努力してきた。

ある人は禅《ぜん》を教え、宇宙意識とつながることを勧めたし、ある人は『隣人を愛しなさい』と説いた。だけど……」

お前のハートは
聖なる小部屋。
お前だけの
小さな宇宙。
さあ、思い出せ。
唯一無二の
お前のダンスを。

「オレたちが求めてやまなかった源は、ここにあった」
翔は自分の心臓に、大きな手を当てました。

「トクトクトク……」と命の音が聞こえてくる、あたたかな心臓に。

幼い頃感じた、胸の高鳴り。

絵を描くこと、詩を作ることに、命燃やしたあの時間が、思い出されます。

星が教えてくれる途方もない叡智《えいち》と、身の内から湧いてくる、あたたかな物語がぴったりと合わさって、美しい世界を紡《つむ》ぎだしたあの瞬間。

満ち足りて、どこまでも静まり返ったハートの中心、その場所こそが、宇宙の源だったのです。

「わたしたちは源を……ワンネスを、ちょっと遠くまで探しすぎた。

本当は、こんなにも近くにあったんだ」

誰もが聖なるハートにつながって、唯一無二《ゆいいつむに》のダンスを踊ること。

他の誰でもない、自分だけの至福《しふく》を探求することこそが、ワンネスへと戻って行く、もっともシンプルな道だったのです。

30・魚座神話とその行方

ふゆは、はたと、もう一枚のウラヌスの紙飛行機に目を留めました。

新たに書き加えられた数式に、目を落とします。

「これは、なに?」

「実を言うと、オレもまだ、よくわかっていない。

けど、どうやら自分の内なる星につながって、人生をとことん謳歌《おうか》した時。

最後には、まるで奇跡《きせき》のような無限の才能があふれ出る、秘密の場所があるようなんだ」

――人々が、自らのハートを生きた時。

その幾万の魂《たましい》たちに、奇跡が起こる。

森や山が失われ、水は枯《か》れ、病は流行り、どこかで絶えず争いや搾取《さくしゅ》が起こり続けるこの世界は、もう変わらないのかもしれないと、思ってきました。

心深くから自分を愛し、抱きしめても。時を忘れて、何かに打ち込んでも。

世界がこれほどにいびつなら、わたしたちはもう、ダメかもしれない。

そんな風に、追いやっても追いやってもやってくる絶望に、のまれてしまう時があったのです。

けれど……。

太古の昔から、脈々と受け継《つ》がれる星の叡智《えいち》が真理なら。

ハートの声にしたがって生きることこそが、世界のあらゆる問題を解決する、奇跡のスタートラインなのかもしれません。

集まった魂が、唯一無二のダンスを踊る時。

やがて彼らは無限の可能性へ、己の天才性へとアクセスし、新たな地球、新たな次元を創造する者となる……。

翔はあまりの喜びで、胸がはちきれそうになりました。

＊

（でも……）

そうです。

まだ、足りません。世界の成り立ちを知るために、まだ足りないパーツがあるのです。

それは……。

「オレは、いつだったか『神』について考えたことがある。

世界中のあらゆるいさかい。むごくて残酷《ざんこく》な仕打ち。罪を犯した者の気持ちに立つことなど、到底《とうてい》できないような、ひどい事件ってあるだろ？

そういうものが世界からなくならないのは、なぜだろうと思ったんだ」

翔は千冬の傍《かたわ》らに腰を下ろすと、まるで彼女に語りかけるように、言葉を続けました。

「神はなぜ、悪をゆるしているのだろう。

オレはそう考えて、やがて、『だから、神なんだ』と、思うようになった。

つまり、神さまって言うのはさ。

あらゆるすべての存在を、ゆるす者なんだろうって。

名なき者も。

ちょびやふゆのような幽霊も。花も動物も、ぼくら人も。

あらゆる美しい行いも。あらゆるむごい行いも。

すべての存在、すべての選択をゆるす者。

そう考えたら、何だかずいぶんしっくりきた。

そして、そんな眼差しで占星術の10の天体を見たならば。神とは、海王星そのものだと思ったんだ」

しばしの間《ま》を、川のせせらぎが優しく埋《う》めていきます。

翔は空《くう》を見つめました。

「けれど、一つだけ解《げ》せないことがあった。

それは、10番目の天体が、海王星ではないことだ。

妙だと思わないか？　10の天体が、ぼくら人間の成長段階を示すなら。

最後をしめくくる者こそ、『神』であるべきだ。あらゆるすべての存在をゆるし、受け入れた、神そのものであるべきだ。

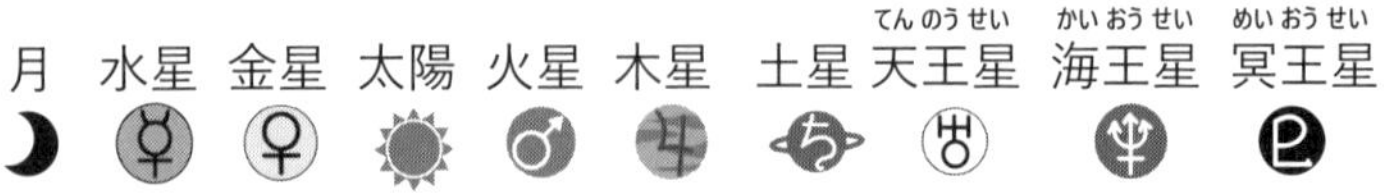

だけど……」

翔は言葉を切りました。

「そこにあるのは、冥王星《めいおうせい》。『冥府《めいふ》の王』の名の通り、わたしたちの闇をあらわす天体ね」

——始まりと終わり。夢と現《うつつ》。闇と光。

決して交わらぬと思えたものを。

相反する二つをつなぐこと。


いつだったか海王星がくれたヒントを、口の中で唱えます。

翔は言葉の意味よりも、そのリズムに心を合わせ、耳を澄ませました。

すると……。

どこからともなく楽し気な、笑いさざめく男女の声が聞こえてきたのです。

祭のお囃子《はやし》のように、リズムカルな太鼓の音。流れるような笛の音は、なんとも小気味の良いテンポです。

翔とふゆは顔を見合わせ、立ち上がって辺りを見回しました。

「あ、……」

川のほとりの大きな岩。

そこに、陽気に踊るたくさんの人影が映っています。

立派なひげをたくわえた、たくましい男は、もしや大神ゼウスでしょうか？　半身は山羊、半身は男のなりをしたあの笛吹きは、牧神パーンに違いありません。豊かな髪をなびかせ、横たわっている柔らかな姿態《したい》は、きっと女神アフロディーテでしょう。

他にも、たくさんのニンフたちが、飲めや歌えやの大騒ぎ。いかにも楽しそうなのです。

魚座神話です。

大岩に映し出された、さんざめく人影を、二人はあっけに取られて眺めました。

「いけない！　こうしちゃいられないわ！」

突然、ふゆが立ち上がりました。

大慌てで千冬にかけ寄り、揺《ゆ》さぶって身を起こします。

「おい。なんだよ、急に」

いぶかしそうに尋ねる翔に、ふゆは大きな声で言いました。

「もう！　鈍い男ね！　この後の展開、忘れたの？！」

ハッとします。

魚座神話ではたしか、じきに怪物《かいぶつ》デュポーンが現れて、神々の宴をめちゃくちゃにしてしまうのです。


——ドドドドドドドド……。


地の底からやって来る、地鳴りのような音。

見れば黒々とした森が、風もないのにゆれています。

「運転オンチ！　あんた泳げる？」

「泳げるけど、千冬はどうするんだよ」

それには答えないで、ふゆは、まくしたてました。

「じゃあ、ちょびとプップーちゃんをお願い！」

「プ、プップーちゃん？」

「さっきの名なき者よ！　わたしは千冬をなんとかするから」

ふゆは破《やぶ》ったスカートの切れ端で、千冬の右手をくくります。その先を輪にし、今度は自分の手首をぐぐらせました。

「君ひとりで大丈夫なのか？」

言いながら、一緒に千冬を担ごうとした翔の手を、ふゆは払いのけました。

「大丈夫だから」

とがった声音に、一瞬ひるんだその時。

大地がミシミシと音をたて、森の木々はなぎ倒されて、巨大な怪物が飛び出してきたのです。

３人の身体は突風にあおられると、見る間に川の中へと投げ出されました。

31・流れ星乗り場での小さな別れ

傍《かたわ》らに寄りそう懐《なつ》かしい温もりを感じて、翔は目を覚ましました。

どうやら、岩場に打ち上げられたのでしょう。身体の節々が痛みます。

腕に力を入れて身を起こし、仰向けになると、ちょびが顔の近くまでやってきて、ほおをペロペロとなめました。

思わず、笑みがこぼれます。

「ちょび……」

その頭をなでようとして、吹き出しました。

ちょびの頭の上に、これまた神妙《しんみょう》な顔つきで座る、黒い毛虫がいたからです。

翔は子犬の背中をなでてやり、プップーちゃんと名付けられた小さな小さな名なき者を、指先でちょんと触れました。

起き上がり、辺りを見回します。

いつだったたか千冬と共に流れ着いた、あの場所でしょうか。

今回もまた、どこか特別な場所へ、ちょびが誘《いざな》ってくれるのでしょうか。

そう思って、子犬の様子をうかがっていると、ちょびはくうんと鳴いて、あらぬ方を向きました。

その先に目をやります。

暗がりに、誰かが座っているようです。

見覚えのある、ぼんやりとした少年の背中。

目をこすりました。

すると、背中の主《あるじ》がパチッとマッチを擦《す》って、辺りを照らします。

翔は驚いて立ち上がり、その男の子に近づきました。

池くんです。

いつも博物館の入り口で、ロッキングチェアに揺《ゆ》られながら、うたた寝をしているあの少年です。

翔は、どう声をかけて良いのか、わかりません。いつも挨拶《あいさつ》くらいしか、言葉を交わしたことがないのです。

少年は、のんびりとした手つきでランタンに火を灯すと、やがて腰を上げました。

手の中の灯《ともしび》を頼りに、ゆっくりとした足取りで、闇の中を歩き始めます。

その後をちょびが続き、翔も慌てて追いかけました。

＊

行く道は、不思議でした。

子どもの頃、時を忘れ、日が沈むまで遊んだ空き地。学校の帰り道、友達と別れた郵便ポストのある三差路。空き家の土壁の向こうから伸びる、モクレンの枝。

薄闇の中を、懐《なつ》かしい景色が行き過ぎていきます。

夢のように静か。思い出のように物悲しい。

やがて景色は移り変わり、池くんは、しんと静まり返った青い森へと分け入って行きました。

小道のすぐ隣を線路が走り、ガタンガタン、ガタンガタンと、どこからともなく、汽車のゆれる音が聞こえてきます。

振り返っても汽車の姿はありません。

遠くにつながった線路の、レールのきしむ音が、ここまで響いているのでしょうか。

しばらく経って、黙々と歩いていた池くんが、ふいに足を止めました。

茂みに隠れるように建つ、古い無人駅。

駅名板には銀色の太い文字で、「流れ星乗り場」と記されています。

池くんはランタンの火を吹き消すと、電灯の下のベンチに腰かけました。

翔は、ほう、と、吐息《といき》をもらしました。

ひざをつき、ちょびの丸い目を見つめます。

「そろそろお前とも、お別れのようだ」

そう言って、頭の上の小さな名なき者を指ですくうと、自分の左肩に乗せました。

ちょびを胸に抱き、壁に貼られた時刻表の前に立ちます。

時刻表
時　間：もうすぐ
行き先：源

「間違って、乗り過ごしちゃいけないよ。オレはもう大丈夫だから」

子犬はきゃんっと元気に吠えると、翔の顔をペロペロとなめました。

これきりもう、この地上で、大切な友と会うことはないでしょう。

最後に、小さな親友をぎゅっと抱きしめ、放してやります。

子犬は翔のふくらはぎに、幾度か頭をすり寄せると、やがて軽い足取りで、プラットホームへと消えて行きました。

池くんが、ランタンに火を点けなおし、立ち上がります。

その背中を見失なわぬよう、ちょびを見送るいとまもなく、その場を後にしました。

やがて無人駅は茂みの向こうへと遠のいて、振り返れば電灯の明かりだけが、ポツンと光って見えました。

――ワオーン……。

耳を澄ませます。

遠吠えはしばらく続いていましたが、森の木々に紛《まぎ》れるように消えて行き、やがて聞こえなくなりました。

空には丸い月が映え、翔たちの行く道を、どこまでも照らし出していました。

32・千冬とふゆの生まれる前の物語

すさまじい風にあおられ、吹き飛ばされた千冬は、気づけば川の中でした。

水面に叩きつけられた瞬間、白いリボンで結ばれた、ふゆの姿を見たように思います。

リボンを必至《ひっし》で手ぐり寄せようとしても、どうにも力が入りません。もがいて、ふゆを探すうち、次第に意識は遠のいていきました。

突然、つながれた手首を誰かにグイッと引き寄せられます。

うっすらと目を開けると、そこには、ふゆの姿がありました。

ふゆは一瞬ためらって、それでもすぐに、心に決めたようにうなずくと、互いの唇を強く重ねました。そして、口に含んだ、ありったけの空気を吹き込んだのです。

息苦しさは次第に消えて、身体は軽く宙に浮くよう。

やがて、おぼろげだったふゆの姿が、くっきりと瞳に映りました。

思わず、目をそらします。

耐《た》え難い痛みが、千冬の胸のうちを覆《おお》い尽くしていきます。いっそ、つながれたリボンをほどいて逃れてしまいたい、そう感じて、千冬は顔をそむけたまま、シクシクと泣きました。

ただよう水の中に、あふれる涙が溶けていきました。

「……ずっと、存在していて申し訳ないと、思ってた」

蚊《か》の鳴くよな小さな声で、千冬が言いました。

銀色の魚の群れが、二人の周りを行き過ぎていきます。

細かな泡が立ち昇り、パチン、パチンとはじけるたび、古い記憶の数々が、千冬とふゆを包みました。

太古の昔、小部落で、生きたまま棺《ひつぎ》に入れられる幼い千冬。その姿を泣きながら、見送るふゆ。

かと思えば、これは中世ヨーロッパでしょうか?

馬車にひかれそうになった幼いふゆを、今度は、姉さんの千冬が身を張って助けるのです。

時代や国は異なれど、そうやって幾度も、千冬は死を、代わりに引き受けてきたのでした。

そしてよみがえる、幼い記憶。

「ああぁ……」

千冬は目を閉じ、思わずうめき声をあげました。

その姿を、ふゆは静かに見守っていましたが、やがてそっと、千冬を抱き寄せました。

「あなたは、なにも知らないのね。

名なき者ときたら本当に、最後の最後、大切なところでウソをつく。

『千冬』と『ふゆ』という名前で、この大地に生まれる前に、あなたがわたしに言ったこと。

もう、忘れちゃった?」

重ねた身体の向こうから、温もりが、染み入るようにやってきます。

ふゆが言いました。

「あなたは、わたしにこう言ったの。

『次の生《せい》では、わたしがあなたを殺してあげる』」

33・わたしがあなたを殺してあげる

柔らかな身体《からだ》に身を預けたまま、千冬はその声に耳を傾《かたむ》けます。

ふゆはと言うと、千冬の背をさすりながら、静かに言葉を続けるのでした。

「初めてネプチューンのおばさんに会った時。世界が分離する、最初の瞬間に連れてってと頼んだの。

でも、その前にわたしは、おばさんにこう訴えた」

＊

「ネプチューン！　わたし、どうしてもあなたに、言いたいことがあるの！」

銀河を織るその手をやすめ、美しい女は辺りを見回します。

見れば足元の糸山に、ゴマ粒ほどの幽霊《ゆうれい》の少女が立っているではありませんか。

「ほう。さまよえる魂《たましい》か。

こんなところまでやってきて、いったい何をそういきり立つ」

女は横糸を巻いたシャットルを脇に置き、少女に話しかけました。

「わたしね。こんなにまだ幼いのに、死んでしまったの。

知りたいことや、やりたいこと、たくさんあったのに。すっごくあっけなく、川に落ちて死んでしまった」

ネプチューンはうなずきながら、ぶどうの彫刻がほどこされた、銀ねずの煙管《きせる》を胸元から取り出します。

ふゆは女が一服するのを待って、さらに声を張り上げました。

「でも、それはいいの！　また、この世に生まれてくれれば済む話でしょ？

それよりわたしが腹立たしいのは……。友達が、泣いていることなの！」

ふゆはホッと息をつき、肩を落とします。

「一緒に遊んでいる時に、わたしだけ川に落ちたの。そして死んでしまった。以来、その子はずっと泣いてる。

涙を流していなくても、わかるの。その子はひとりで、ずっと泣いてるの」

「故にお前はその少女を見守って、天にも還らず、さまよっていると言うわけか」

大きな女は、煙をくゆらせながら言いました。

ふゆはコックリとうなずいて、言葉を続けます。

「今までは、あの子がわたしの身代わりだった。

なのに今生《こんせ》では違った。

そのせいであの子ったら、ずーっと苦しんでいるの。

耐《た》え難い痛みから逃れるために、事故の記憶を消し去っても、心は泣いてる。

でね。どうしてこんなに苦しい思いを、しなければならないのか知りたくて。

わたし、世界中の図書館を周って調べたの。

ねえ、ネプチューンのおばさん!

これって『カルマ』って言うんでしょう?

わたしは過去生でなにか罪を犯して。その業《ごう》がたたって、死んでしまったってことなんでしょう？　もしかしたらあの子もカルマのせいで、今、こんなにも苦しんでいるんでしょう？

でも、だとしたらカルマなんて、クソくらえって思ったの！」

大きな女はふふっと笑い、「それで？」と、うながします。

「だって、そうでしょう？

どれほど残酷《ざんこく》な行いも、どれほど美しい行いも、神さまはすべてをゆるしてる。起こるに任せている。

なのにどうしてわたしたちは、転生を重ねてまで、『罪の償《つぐな》い』なんてクソ重たいもの、背負わなきゃならないの？

いったい誰がそんなこと決めたのよ！」

ネプチューンは、煙管《きせる》を置いて腕をくみ、さてどうしたものかと思案していましたが、「なぜだと思う」と、問い返しました。

なぜと聞かれた瞬間に、心に言葉が浮かびます。

ふゆは目をぱちくりさせて、「今、自分で決めたって、そう聞こえた」と、答えました。

「ほう。そう聞いて、お前はどう思った」

問われて、ふゆは思わず、自らの胸に手を当てます。

途端にハートは静まり返り、ほの温かい光りに包まれました。


この大地に、ふゆとして生を受ける前。

数千の転生を重ねた己の魂は、疲れ果てていたのです。

今度こそ、『誰かの犠牲《ぎせい》』などと言う、ふゆの言葉を借りるなら『クソくらえ』なシロモノから、自由に生きるはずだったのに。

『友達を身代わりにして生きる』などと言う不毛なシナリオから、次の生《せい》こそ、自由になるはずだったのに。

幾千と重ねた痛みの体験が、恐れの記憶となって魂に刻まれ、またもや無残《むざん》な結末を引き寄せてしまいました。

ふゆは自分を責めて、苦しんで、すっかり疲れ果てていたのです。

そんな時。

一緒に歩んできた半身が、もう一つの魂が、ささやいたのでした。

「今度は、わたしがあなたを殺してあげるよ」

それは愛でした。
ぬぐってもぬぐっても消えない。
それどころか生まれ変わるたびに、上塗《うわぬ》りされ続ける罪の意識。
この終わりのない痛みの体験から、ふゆの魂を解き放つために。
殺《あや》める側と言う重い役割を、友は進んで引き受けてくれたのです。

＊

千冬は泣きました。
自らの魂も友の魂も、ただ限りなく優しいと知ったから。
二人を包む豊かな水は、山深い泉のように澄み渡り、満ち満ちていました。
「わたし、わかったの。
カルマは業《ごう》じゃない。償《つぐな》いの必要もない。
業《ごう》も償いも、罪も罰も『二元』を体験するために、人が作ったものにすぎないの。
ねえ、千冬。

わたしたち二人はきっと、宇宙の源から離れる時、『自由を知りたい』と願ったんだろう。『自由』の素晴らしさ、楽しさ。そこから生まれる創造の喜び。

だからこそ『二元』の世界へ飛び込んで、『不自由』を体験したの。

『誰かの犠牲《ぎせい》』なんて言う、とんでもなくやっかいな、『不自由』をね」

言葉を切って、ふゆは一層強く、千冬を抱きしめました。

まるで重なった肉体が、震えて共鳴するように、千冬はふゆの言葉を、身体いっぱいに聴きました。

「でもきっと。痛みの体験は、たった一回でよかったんだろう。

たった一回、体験して、次の生《せい》では、『犠牲《ぎせい》なんてクソくらえ！』そう叫んで、わたしたちは共に、今度こそ本当に、『自由』を選んで謳歌《おうか》すればよかったの。

だけど、あまりに悲しくて。

友達を身代わりに生き延《の》びたこと。友達のために自分を犠牲《ぎせい》にしたこと。

その体験が、あんまりにも苦しくて。

魂に刻まれた傷跡《きずあと》が、その痛みの記憶が、次の生《せい》も、そのまた次の生も、同じ体験を引き寄せてしまった。

多くの人たちがカルマを『罪深き過去生の業《ごう》』と説く。

でも本当は、カルマは業《ごう》でも罪でもない。

ただ単に、あまりに純な魂が重ねた、痛みのくり返しにすぎないの。

もしかしたらそこには、名なき者たちの巧妙《こうみょう》な、仕掛《しか》けがあったかもしれないね。

業《ごう》と呼び、罪と名づけ、自分を罰し続けてくれたなら。その嘆《なげ》きの感情を、彼らはいつだって食《は》むことができたから」

二人は抱き合い、まるで一つになったようでした。

永遠に続くかと思われた、罪の意識と言う呪縛《じゅばく》から、解き放たれたのです。

自由を失い、自由を得て、やっと真の自由を味わいつくしたのです。

解放された魂は、あるがままの美しさで、キラキラと輝いていました。

＊

どれほど時が経ったでしょう。

千冬はそっと両の手で、ふゆの肩を押しました。

「……わたし。まだやることがある」

ふゆは、はあ、と大きくため息をつきます。そして、「また、大地に戻るって言うの？」と尋ねました。

千冬は小さく、けれど力強くうなずきました。

「あなたは気づていないでしょうけど……。

もう数週間も、自分の肉体を離れて、あの世とこの世の境目をさまよっているのよ。

それがどういうことだか、わかる？」

ふゆの言葉に戸惑《とまど》いながら、それでも問い返すように、ジッと瞳を見つめます。

「地球ではそれを、死と呼ぶ」

千冬は呆然《ぼうぜん》としました。

それではもう、自分はこのまま天へ還るしかないのでしょうか。

やっと、生《せい》への罪の意識を手放せたのに。もしかしたら、やっと、命の喜びを身体いっぱいに感じて、生きることができるのに。

その身体はもう、とっくに荼毘《だび》にふされたと言うのでしょうか。

ふゆは、さびしそうな祝福するような、そんな顔をして、千冬を見つめました。

「わたしも、もう行かなきゃ」

「行くって、一緒に行くんでしょ？」

ふゆは、かすかに笑って、「少し長く、留まりすぎたみたい」と、力なく答えます。

「もしかしたら、無意識に強く願ったかもしれない。

あなたが亡くなる瞬間、名なき者たちに誘《いざな》われ、冥府《めいふ》へと連れて行かれてしまわぬように。

どうか、それまでわたしの霊魂《れいこん》を、この大地に無垢《むく》なまま、さまよわせて欲しいと」

（願ったなんて、いったい誰に……？）

尋ねようとして、千冬はハッとしました。

それはまさしく、名なき者との約束を、意味すると思ったからです。

その時でした。

無数の黒い虫たちが、どこからともなく現れて、ふゆの脚《あし》をモゾモゾと這《は》い上がってきたのです！

「ふゆ！」

ほとんど悲鳴のように、千冬が叫びました。

ふゆはと言うと、二人をつなぐリボンをほどいて、勢いよく千冬を突き飛ばします。

「もうすぐ……、源行きの流れ星がやってくる。あなたはそれに乗って……」

見る間に黒い虫たちは、ふゆの全身を這《は》いまわり、その口を覆《おお》い隠していきます。

千冬はふゆを助け出そうと、解《ほど》かれた手をいっぱいに伸《の》ばしました。

34・池くんの背中

青い月に照らされた、曲がりくねった林道を、池くんが歩いて行きます。

どれほどの道のりを、こうして共にやってきたのでしょう。

耳を澄ませます。何かが、おかしいのです。

翔の暮らすあの街で、彼とすれ違ったことは幾度もあります。せかせかと行く後ろ姿も、よく見かけました。

けれど、いつもと、なにかが違う。ふいにそう感じたのです。

辺りの景色が、ずいぶん異なるせいでしょうか。いえ……。

その時、翔は無意識に、自分が耳を澄ませたことに気がついて、ハッとしました。

そうです。

独り言が聞こえないのです。

目覚めている時は、いつだって何かをブツブツとつぶやいていた人です。もちろん池くんだって、時には静かに歩きたいのかもしれません。

けれどもう、ずいぶん長いこと、彼は沈黙を保って、しんと歩いているのでした。

(この人は、池くんじゃない)

翔は唐突《とうとつ》に思いました。

千夜《せんや》とも思えるような長い時間、森深くまで歩いてきて、やっと気づいたのです。

身体が凍《こお》りつきました。

怖い、と思いました。

そう感じた瞬間から、前を行く背中は次第に違和感を増し、やがて、まったく違った誰かの背中のようにも思えてきます。

いつだったか法廷《ほうてい》で見た、あの若者の後ろ姿。たった一人のお父さんを車でひいた青年の、すねたような、嘆いたような、力のない背中。

怒りがこみ上げてきます。

そうして、ジッと後ろ姿をにらみすえるうち、やがて林道は、ゆるやかなカーブへ差しかかりました。

茂みの間をチラリとよぎった、後ろからの横顔。

目をしばたたかせます。

ほんの一時《いっとき》のことでしたが、遠い昔、テレビに映った大きな国の外務大臣の横顔に、似ていると思いました。

世界への、さげすみと不安をないまぜにして、平静を装っていた男。彼の月、ハートの嘆《なげ》きが痛ましくて、思わず目をそらしてしまった、あの男。

(どうなっているんだ……)

次第に前を行く背中は、古い誰かの面影を、次々、映し始めます。

不安やそねみ、いら立ちや責め。そんな感情を抱かせた、数多《あまた》の人々。彼らの姿が浮かんでは消えるうち、翔の身体は固くこわばっていきました。

(いけない……)

自分を叱咤《しった》します。恐れにのまれてしまっては、彼らの思うつぼなのです。

その時、翔は、やっと自分の肩に乗った、小さな相棒《あいぼう》を思い出しました。

プップーちゃんです。

クルンと丸くなった、小指の先ほどの黒い虫。そいつに小声で話しかけます。

「おい。あいつは誰だ？」

毛虫はキョロリと丸い目を出し、声をひそめて答えました。

「オレに聞くなよ。相手が悪すぎる」

翔はあきれて、「お前の仲間だろ？　まあ、名なき者なんだから、誰と聞かれても困るだろうが」と、ささやきます。

毛虫は頭を小さく左右に振って、「いや、アイツには名前がある。お前もよく知るアイツじゃないか！」と言いました。

(オレもよく知る……アイツ？)

やがて林道は、広い野原に開けたかと思うと、大きな月が、先導する男の身体の輪郭《りんかく》を、クッキリと浮かび上がらせました。

袖《そで》からのぞいた白い腕が、不気味にテラテラと光っています。

翔は思い出しました。

35・世界の果てで出会ったひと

光流をひいてしまったあの晩、13星座のタペストリーの前で、翔を惑わせた名なき者。たしかあの者は、大きな国の大臣の演説でも、傍《かたわ》らに潜んでいたはずです。

それだけではありません。

不安から逃れようと酒を飲み、車を走らせたあの若者をそそのかしたのも、きっとこの男でしょう。

彼を永遠にゆるさぬために。自らを罰し続ける道へ、無意識に舵《かじ》を切ったのも、思えば背後でこの者が、糸を引いていたのでしょう。

翔は今になってそのことが、よくわかるのでした。

どうやら、この名なき者こそ、翔の人生の節目に現れ、数々の苦悩をもたらした諸悪《しょあく》の根源なのです。

月光の下《もと》、不気味なほど静まり返った男の背中を見つめ、翔は立ちすくみました。

「あんた、誰だ」

名なき者に、名などない。さっき自分で口にしたばかりと言うのに、かすれた声で尋ねます。

男は背を向けたまま、ジッとしていましたが、やがてゆっくりと翔に向き直りました。片方の目は垂れた髪にふさがれ、もう片方の赤い目は、怪《あや》しく光ってこちらを見ています。ひるみそうになるのを必死にこらえ、翔はその目をにらみ返しました。

「わたしは……プルートーだ」

――プルートー！

それはまさしく占星術の、10番目の天体でした。人の成長階段の、最後をしめくくる星。あらゆるすべての存在をゆるした、神と見まごう海王星を、超えた星。翔がずっと会いたいと願ってきた、冥王星《めいおうせい》、そのひとだったのです！

翔は震えて、首を横に振りました。

名なき者たちが、世界でも有名な聖人や悪人の名を騙《かた》るのは、知れた話です。目の前に立ちはだかるこの者もまた、プルートーの名を偽《いつわ》っているのでしょう。

そう自分に言い聞かせながら、男をグッとにらみつけます。

「あまり……、わたしをいじめるな」

男が言いました。

いったいどういう意味でしょう。

むしろ名なき者こそが、翔の人生を邪魔《じゃま》し、ことあるごとに窮地《きゅうち》に追いこんできたと言うのに。

胸の内をよぎる、わずかな迷いを吹き飛ばそうと、翔は声を荒らげました。

「黙れ！　なりすまし！」

名なき者が、小さく笑います。

「これはずいぶんな言われようだ。お前も知っているではないか。冥王星《めいおうせい》はその名の通り、冥府《めいふ》の王だ。黄泉《よみ》の国。死者の住む世界の主《あるじ》だ。わたし以上に相応《ふさわ》しい者は、おるまい」

耳をふさぎたい衝動《しょうどう》にかられながら、それでも翔は男の言葉を噛《か》みしめます。

この名なき者の言うことは、たしかに、長年いだき続けた大きな問いなのでした。

月が司る心。水星が司る知性。金星が司る感性。そのように、人が育むべき資質を、順に並べた成長の指標が、10の天体なのです。

少なくとも、それが宇宙の叡智《えいち》、占星術の決まりごとです。

その最後を飾る天体が、10番目の天体が、恐れで世界をのみ込もうとする名なき者であるなら、人間とはいったいなんなのでしょう？　己の闇に最後は引き込まれ、破滅《はめつ》へと突き進む、むなしい存在なのでしょうか。

翔は内側の葛藤《かっとう》を無視して、プルートーと名乗るこの男を、いっそ打ちのめしてしまおうかと考えました。

「やめとけ。まだ懲《こ》りないのか？」

肩に乗ったプップーちゃんが、ささやきます。

彼の言う通りです。

怒りをぶつけて攻めたところで、その感情を餌《えさ》に、相手はますます強くなるでしょう。

プップーちゃんとの対決で、すでに学んだことではありませんか。

「プルートーを……このわたしを探し始めたお前に、いくつかヒントを送ったのだが。

お前は気づいたろうか」

名なき者の言葉に、翔は眉《まゆ》をひそめます。

「……ヒント？」

「ああ、そうだ。数百年の遠い昔、お前が乞食《こつじき》だった頃の記憶」

「すべてを持った」と
うそぶく者は
我が家の外にひろがる
万物に気づくだろう。

「すべてを失った」と
嘆《なげ》く者は
万物すべてが手の中に在《あ》ると
気づくだろう。

「在《あ》る」とは「無い」を知ること。
「無い」とは「在《あ》る」を知ることだ。

月と太陽をあおいで
自分の肉体だけをまとって、

そんな真実に、今気づいた。

あの時の自分は、それでも何としても生きるため、今なら目を覆《おお》いたくなるような、むごい行いをしたはずです。

その一つ一つをつぶさに思い出さなくとも、翔にはわかるのでした。

(何が言いたいんだ。オレの魂《たましい》の遠い昔の罪をあばいて、責め苦を味合わせようというのか)

よみがえる記憶の細部を見ないよう、頭《かぶり》を振ります。

プルートーが言いました。

「それだけではない。無二の友が描いた、青の世界」

――藍《あい》、紺碧《こんぺき》、紺青《こんじょう》、桔梗《ききょう》、瑠璃《るり》……。

オレは自分の身体の細胞一つ一つにしまい込まれた、幾千の青を思い出した。

三沢先生の言葉です。

途端に、辺りの野原が消失しました。

そして、翔の肉体、ＤＮＡ、過去世の古い記憶と意識、その感情が、幾千幾万の多様な青に変容していったのです。

海のような深い青。光りを含んだ透明な青。銀を溶かして流したような、まぶしい青……。

翔は思わず、肩に乗せたプップーちゃんを守ろうと、手を伸《の》ばしました。

けれど彼もまた、どす黒い闇のような渋紺《しぶこん》となって、翔の魂の一点に、身をうずめたのです！

人を恨んだことも、ねたんで邪魔をしたことも、弱き者にふるった暴力も、権力者にへつらったことも、自分をないがしろにしたことも。

愛し合ったことも、身の内からあふれるワクワクも、心から人を信じたことも、生きとし生けるものすべてに感謝があふれた、あの感覚も……。

すべてが翔の全霊《ぜんれい》の、かけがえのない一粒《つぶ》でした。

あらゆるすべての体験が、己の魂を織りなす、どうしようもなく愛おしい一粒だったのです。

「わたしを……、ゆるすことだ」

プルートーが言いました。

「お前はいつか、ネプチューンにこう尋ねた。

あらゆる惨《むご》い行いも、あらゆる美しい行いも、すべてを受容し、ゆるしているあなたが

……。神と見まごうあなたこそが、10の天体の最後に鎮座《ちんざ》するべきだと。

たしかにお前の言う通り、海王星の意識とは『神の意識』だろう。

だが、神とはそもそも誰が創った」

その声はまるで、無音のオーケストラのように、内側で鳴り響《ひび》きました。

翔はわかったのです。

――人が闇をゆるした時。その人の内側に、初めて神が宿ると言うことを。

神が人を創ったのではなく。人が神を創るのだと言うことを。

己の体験したあらゆる闇を、ゆるし、愛した時。己の小さな宇宙にやっと宿る者こそが、

神であることを。

神とは、世界のあらゆる闇を受け入れ、ゆるし、愛した時に訪れる、限りなく清らかな、心象風景であることを。

翔はわかったのです。

一歩、また一歩とプルートーに、にじりよります。

そうして大きく両手を広げ、幾千幾万の時を経て再会したそのひとを、力いっぱい抱きしめました。

＊

いつしか野原は夜露《よつゆ》に濡《ぬ》れて、二人を優しく包んでいます。

森の向こう、静まり返った遠くの空に、一筋の流れ星がスーッと昇って行きました。

世界の果ての、美しい夜でした。

36・旅の終わり

ピチャンと、冷たいものがほおに当たり、翔は目を覚ましました。

いつしか空は白い雲におおわれ、糸のように細い雨が降り始めています。

（いったい、いつぶりだろう……）

翔は嬉しくなって、曇天の空を見上げました。

扉の前のロッキングチェアには、雨を知らずに眠り続ける、池くんが座っています。

気のせいか、口元は柔らかくゆるみ、微笑んでいるように見えました。

立ち上がり、石畳に散らばったウラヌスの紙飛行機を拾い集めます。

そして、たった今、起きたことをたしかめようと、博物館の建物を仰ぎ見ました。

13星座のタペストリーが、翔にしかわからないリアリティを持って、何かを教えてくれるかもしれないと、思ったのです。

ふいに、ポケットの携帯電話が鳴りました。

ノロノロと取り出して、メッセージに目をやります。

——光流の意識が戻りました。なぜか、あなたの名を呼んでいます。

思わず携帯を取り落としそうになりました。

少女が目覚め、意識もしっかりあると言うのです。

翔は我を忘れて、病院へと駆《か》け出しました。

37・新世界

「もうすぐ……源行きの、流れ星がやってくる。千冬、あなたはそれに乗って……」

虫たちは、ふゆの全身を這《は》い回り、瞬く間にその身体を覆《おお》い尽くしてていきます。

千冬は必死でふゆを助け出そうと、数多《あまた》の虫たちを払いのけました。


それは突然のことでした。

巨大な光りが猛スピードで、こちらに向かってやって来たのです。

地球から真っすぐに、目が眩《くら》むほどに輝きながら。

「きゃんっ」と、聞きなれた愛らしい声。見れば流れ星の少女の背に、ちょびがまたがっています。

輝く少女は、千冬に向かって手を差し出し……、いえ、その先へ大きく腕を伸ばすと、黒い虫に覆《おお》われた、ふゆの身体を力いっぱい引き寄せました。

そうして、あたかも光りと闇が、一つに重なったかに見えた瞬間。

流れ星は颯《はやて》のような勢いで、銀河の果てへと駆《か》け抜けていったのです。

千冬はなにが起きたのか、わかりません。

ぽかんと宙に浮いたまま、二人が消えた彼方の空を見上げると……。

そこには、白くだだっ広い、病院の天井が広がっていました。

＊

強く降り始めた雨が、窓ガラスを叩いています。

6年の歳月で身体はやせ細っていましたが、細胞の一つ一つが、躍動《やくどう》するのを感じました。

もうすぐあの青年が、扉の向こうからやって来ます。

新しい肉体と、新しい意識。新しい友とつむぐ、新しい世界。

雨音はやがて、いつか聞いた機織《はたお》りの音に似て、リズムカルな拍子《ひょうし》をとり始めました。
光流は……いいえ、千冬の魂は、あふれる感謝と喜びで、新たな肉体をぎゅっと抱きしめると……。宇宙の源から今も降り注いでやまない、あの歌を口ずさむのでした。

へびつかい座の名のもとに
つどい唄う者たちよ。

魚座と牡羊座をむすぶとき。
命まぐわう
永遠《とわ》がはじまる。

しかめっ面をし
学ぶことなど一つもない。
ただ思い出せ。

唯一無二《ゆいいつむに》の
お前のダンスを。

古い痛みも天の光りも
今ここに集めてごらん。

お前のハートは
聖なる小部屋。
お前だけの小さな宇宙。

さあ、思い出せ。
唯一無二の
お前のダンスを。

おしまい

Let's dance our own dance in the new world !

あとがき

この物語を仕上げ、本の装丁《そうてい》を進めるなかで、「みんなで一緒に幸せになる」、「この世のあらゆる存在と、友達になる」という言葉が、いく度も湧《わ》き上がっては涙があふれる、そんな体験をしました。

闇を司る冥王星《めいおうせい》と無垢《むく》な月が、ぎゅっと手をつないだ優しい時間。

もちろんわたしも、誰かの悪口を言ったり、政治にブツクサ文句を言ったり、横暴な犯罪者に怯《おび》えたり、なんてことは、いくらでもあるのですが…。

それでもわたしは、世界中のあらゆる闇を、かつてはその体現者だったわたし自身を、心から受け入れ、ゆるし、愛した時、すべての名なき者が己の懐《ふところ》に飛び込んで、一つになると信じるのです。

怒り、悲しみ、憎しみ、恨《うら》み、妬《ねた》み、さげすみ、卑下《ひげ》、優越《ゆうえつ》、不安、責め…。

こうした、すべての恐れの感情の共鳴者として、存在する名なき者。

彼らは二元の時代を生きた勇者であり、わたしたち人類の盟友に他なりません。

彼らの悪役としての意義が、わたしたちの心のありよう一つで、まったく、いらなくなってしまうなら。彼らの存在の奥深さと優しさを、深く感じずには、おれません。

わたしが、あなたが、世界のあらゆる闇を愛したとき。

その瞬間からわたしたちは、ニューワールドに立っている。

その世界ではきっと、わたしの研究する新・占星術インフィニティアストロジー®が、新たな創造性のヒントになると信じて、物語の片隅《かたすみ》に、そっと添《そ》えさせていただきました。

『モッくまくんの星のレッスン』に続き、二作目を出版できたことは、多くの読者の皆さまや、応援してくれた仲間たち、家族のお陰です。陰日向《かげひなた》で支えてくださった方たちに、この場を借りて、お礼を申し上げます。

「名なき者」の考察と受容を、あらゆる面から一心にサポートくださったカウンセラーの築木悟さん。愛に満ちた新しいカルマの解釈を教えてくださった、アルケミスト・ジ・アースのアリエル有輝さん。お店の二階を快く貸してくださり、ハートに染みる絶品の野菜料理で執筆《しっぴつ》活動を支えてくれた、薬草ラボ 棘《とげ》の店主、原田美輪さんとご主人の増田弘幸さん。

ご多忙の中、貴重な4日間を捻出《ねんしゅつ》し、丁寧《ていねい》に、そして情熱を持って編集してくださった、株式会社ブックオリティのタカトモさんこと、高橋朋宏さん。

カバーデザインにあたり、技術面で手助けくださった、爛漫《らんまん》フォトグラファーの河村まなみさん。

そして、本の発送業務と言う、地道な仕事をもくもくと続けてくれている、木星チームのみんな。

最後に、2020年8月4日に永眠された、水墨画の師匠《ししょう》、田家阿希雄先生。先生の水墨画に出会えたからこそ、もっとも苦しい3・11の時期を生き抜いて、この日を迎えることが出来ました。

言葉では言い尽くせない、深い深い感謝をこめて。

2020年8月18日　木星

☉ ＝ 0《ゼロ》

☋《ドラゴンテイル》 ＝ −0《マイナス ゼロ》

☊《ドラゴンヘッド》 ＝ ＋0《プラス ゼロ》

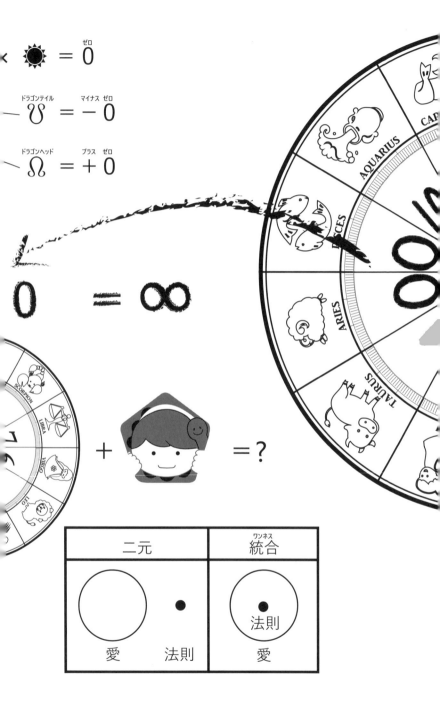

$$0 = \infty$$

＋

＝？

二元		統合《ワンネス》
愛	法則	法則 愛

インドに在《あ》る二つの0《ゼロ》

充満《じゅうまん》	無《む》
雲	空《そら》
卵	精子

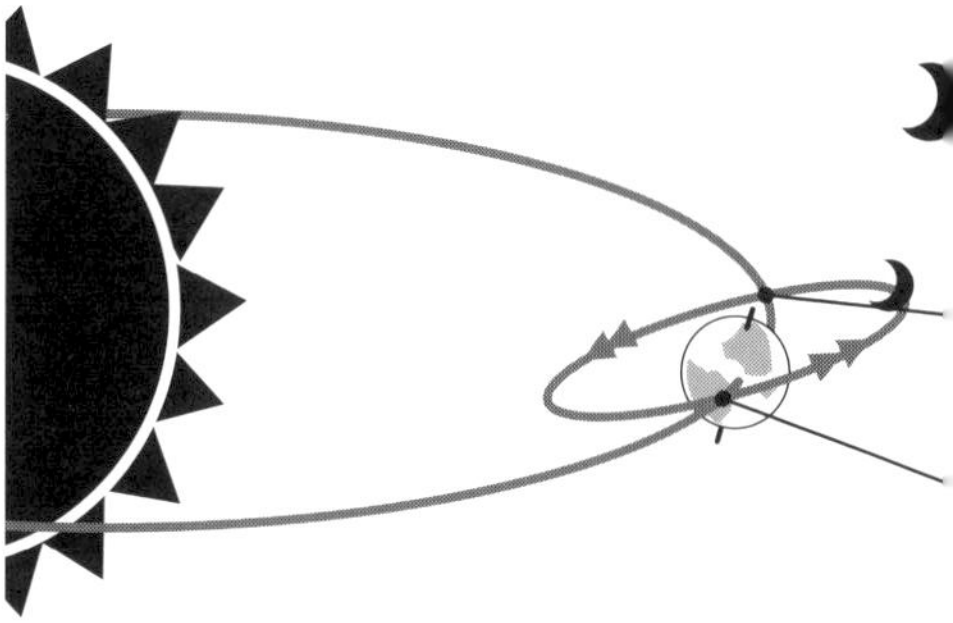

月　水星　金星　太陽　火星　木星　土星　天王星《てんのうせい》　海王星《かいおうせい》　冥王星《めいおうせい》

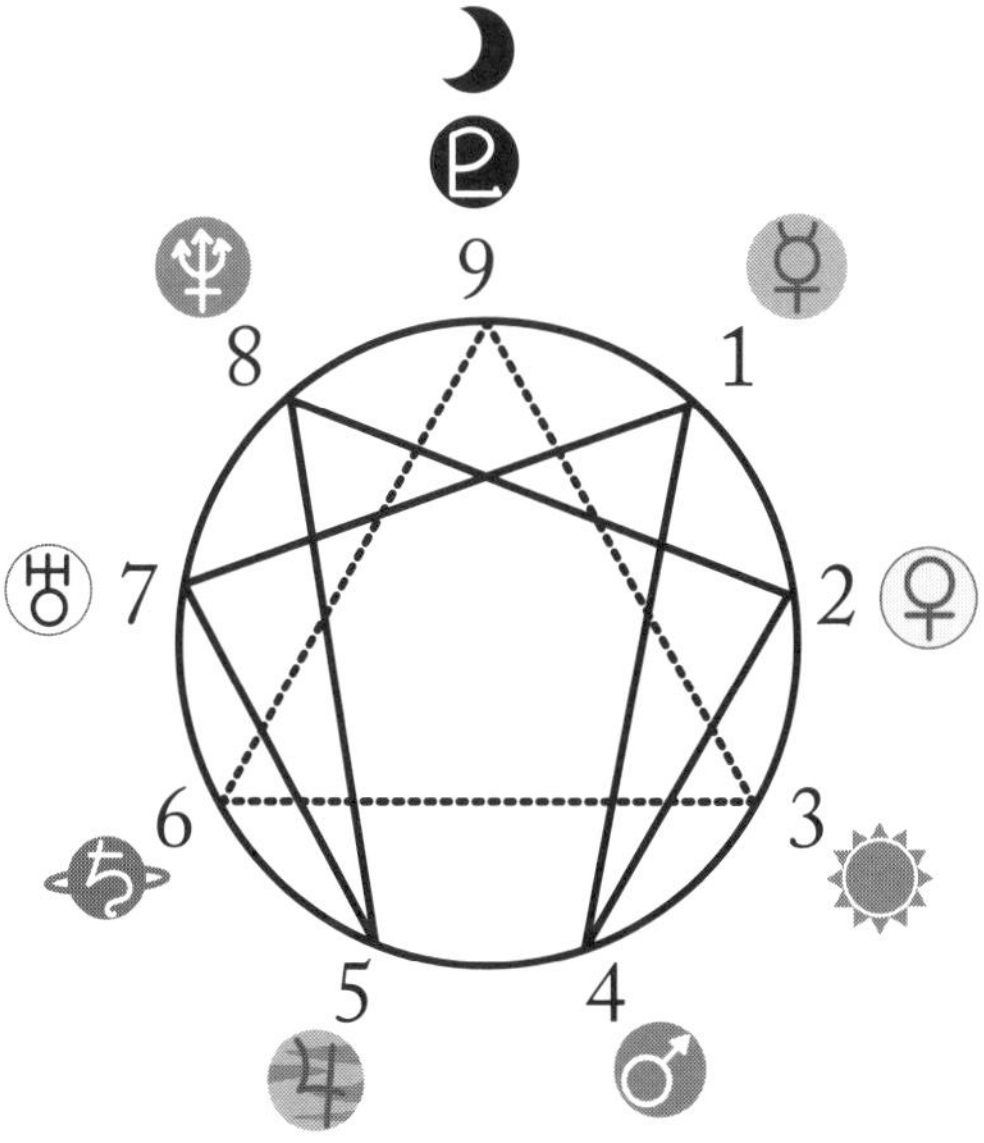

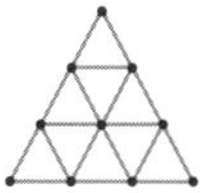 ＝　10　＝　自意識

0　＝　無意識

木《もく》星《せい》

新・占星術インフィニティアストロジー®創始者／占星術家／水墨画家

西洋占星術で「最凶」と言われる活動宮のグランドクロスを持つ。

「働けば働くほど貧乏になる」「常に走り続け悲壮《ひそう》感ただよう」「継続《けいぞく》不能なため何も形にできない」。

30代までの人生はまさしくこの通りであり、西洋占星術との出会いから、生まれ持った星の配置に、そのすべてが書かれていることを知る。

以来、70冊以上の専門書を読み、突破法《とっぱほう》の記述を探すが見つからず、「グランドクロスをポジティブに使う方法を自分の人生をかけて作り出す」と心に決め、すべての専門書を破棄《はき》。

「『継続は力なり』の常識を捨てる」「直感にもっとも重きをおく」「優先順位に従《したが》わない。やりたいことをその瞬間やる」など、一般常識を無視した行動を重ね、やがて独自の成幸《せいこう》法を導き出した。

現在は、西洋占星術の凶と言われる星の配置を、唯一無二の才能に変える、「モックまくんの占星術オンライン講座」を開設し、星を読むスキルはもちろん、いかに使うかを指導している。

また2016年には、西洋占星術の背景にあるギリシャ神話を分析。まったく新しい占星術、インフィニティアストロジー®を発掘した。

新・占星術インフィニティアストロジー®*は、人類すべての人々に眠る無自覚な天才性を掘り起こし、具現化へと導く新時代の占星術。「星を読む」だけでなく「使う」ことにコミットする者なら、誰もがこの新しい占星術を使いこなせると確信し、研究を続けている。

＊新・占星術インフィニティアストロジー®の定期講座は2020年10月現在、
開設しておりません。

参考文献

『人類最古の哲学 カイエ・ソバージュ (1)』著：中沢新一／講談社

『わかってきた星座神話の起源―古代メソポタミアの星座』著：近藤二郎／誠文堂新光社

『ギリシャ神話』(上・下) 著：呉茂一／新潮文庫

『星空の神々 全天88星座の神話・伝承』著：長島晶裕・ORG ／新紀元文庫

『インドの数学 ゼロの発明』著：林隆夫／中央新書

『異端の数ゼロ　数学・物理学が恐れるもっとも危険な概念』
著：チャールズ・サイフェ／訳：林大／早川書房

『完全マスター西洋占星術』著：松村潔／説話社

世界は愛と法則でできている

2020年 10月23日　初版発行

著　者　　木星

発行所　　株式会社　三恵社
〒462-0056 愛知県名古屋市北区中丸町 2-24-1
TEL 052-915-5211　FAX 052-915-5019
URL https://www.sankeisha.com

ISBN 978-4-86693-309-2 C0011